Tristane Banon

Le Bal des hypocrites

Du même auteur

ERREURS AVOUÉES... (AU MASCULIN), essai, *Anne Carrière*
J'AI OUBLIÉ DE LA TUER, roman, *Anne Carrière, Le Livre de poche*
TRAPÉZISTE, roman, *Anne Carrière*
DADDY FRÉNÉSIE, roman, *Plon*

ISBN : 978-2-84626-416-7

Au diable vauvert
www.audiable.com
La Laune 30600 Vauvert

Catalogue disponible sur demande
contact@audiable.com

« Ceux qui parlent ne savent pas, ceux qui savent ne parlent pas. »

Charles Maurice, Prince
de Talleyrand-Périgord

1er juillet 2011. Depuis deux mois, je n'ai réussi que deux fois à me coucher et à dormir avant minuit. La première fois, on m'a réveillée à 3 heures pour m'apprendre qu'il venait d'être arrêté. La seconde fois, on m'a réveillée à 4 heures pour me dire qu'il allait être libéré.

15 mai – 1er juillet : six semaines, un long mois. Un long mois que l'on m'a pris ma vie. Un mois qu'on me fait dire des mots que je n'ai jamais prononcés. Un mois qu'on me harcèle des quatre coins de la planète. Un mois que je ne peux plus sortir dans la rue. Un mois que je n'ai plus de domicile fixe. Un mois que l'on me voit dans des lieux où je ne suis pas. Un mois que des gens que je croyais mes amis me rayent de leur carnet d'adresses.

Aujourd'hui, je ne sais plus très bien qui je suis. Je crois que je deviens folle. Quand je suis lucide, que je regarde ma vie, tout ce gâchis, je me dis qu'il faudrait peut-être avoir le courage d'en finir. Je suis amaigrie, cernée, creusée, diaphane. Moche. Mais je peux me regarder dans une glace. Je suis propre. Je n'ai pas menti. Jamais.

Mardi 10 mai. Il insiste qu'il veut me voir, qu'il doit me voir. Il me dit son nom, son prénom, ses amis, son pedigree. Il m'écrit comme si j'étais de la police. Son courrier m'assure de son honnêteté. Il s'appelle Marin, Marin H, je pense que ça sonne comme Arthur H et ça me fait sourire. Puis je me souviens d'un autre Marin, l'un de ceux qui m'ont trahie par peur de se fâcher avec le sacro-saint pouvoir, grande maîtresse des hommes du milieu, quel que soit le milieu. La puissance du politique.

Ma vie est parsemée de Marin, c'est comme un champ de coquelicots, mais certains ne ressemblent plus à rien, fanés, dépéris. À ce souvenir, je ne souris plus.

Il veut me voir car il écrit sur sa femme à lui, lui l'homme du 15 mai. Dans une autre vie, je sais que cette femme a été intelligente. Et puis elle l'a rencontré, il l'a séduite. Elle n'a pas vu, pas voulu voir le babouin derrière l'homme. Son cochon n'est pas babouin à plein temps, juste malade par intermittence. Je me souviens, c'était il y a huit longues années, il était en crise ce jour-là, et il m'a volé mes vingt ans. Je ne les ai jamais retrouvés depuis.

C'était il y a huit ans et le cochon m'a volé ma vie. C'était il y a huit ans et, aujourd'hui, Marin H, journaliste, veut encore me parler de « l'Affaire ».

Il veut revenir sur « l'Affaire » comme mille autres avant lui depuis des mois, des semaines, des années. Des jours que j'ai enfilés comme des perles sur un collier, la tête basse, les uns après les autres, comme pour me repentir d'un crime qu'un autre aurait commis. Mais il me faut payer, le pays veut ça, la morale veut ça. Ça n'est pas à celui qui a le vice qu'on en veut, c'est à celle qui nous le montre du doigt. Et dire que, sans cette catin, on vivrait tranquilles et heureux dans un univers propre et net. Méchante jeune femme, sale fille qui entache notre belle vision du monde. Étrange monde que celui où, de nouveau, un journaliste veut enquêter pour « savoir » sans jamais « faire savoir ».

Il répète « l'Affaire » comme tous ceux qui évitent stratégiquement les mots justes. Pas qu'ils ne veuillent pas choquer, simplement qu'ils veulent rester innocents. C'est moi, la sale fille, celle grâce à qui ils mettront la vérité entre parenthèses, comme pour mieux se protéger. Je suis celle dont on cite la vie au conditionnel, la non-vie, vie gâchée. Je suis la « source proche du dossier ». Parfois je me travestis et je deviens « une romancière qui a eu affaire à », « une écrivaine dont on n'a jamais entendu parler ». Une ratée. Ils vendent du papier, ils ne cherchent pas plus loin, surtout pas. Ils restent propres pendant que je prends la poussière.

Aujourd'hui, il veut simplement comprendre l'homme-babouin pour mieux décrire sa femme-courage. Personne ne réalise que « l'Affaire », c'est juste une vie qu'on a jetée à la poubelle. Seulement ma vie que l'on a cassée comme on déchire un dessin raté. Finalement, ça n'est rien, ou pas grand-chose, mes tripes que des journalistes ont tricotées comme de la laine pour se faire un pull pour l'hiver. De ceux que l'on porte sans se soucier de qui crèvera de froid dehors, sans se soucier de la peine que ça fait, à l'intérieur, de n'être qu'un lapin face aux chasseurs.

Il insiste, troisième courrier. Il devine la plaie qu'il va rouvrir, jamais complètement refermée. Le trou dans le ventre, c'est comme la croûte qui vient sur le genou blessé, on croit que c'est sec et dès qu'un enfant frotte dessus, c'est le champagne qui s'échappe en hurlant de la bouteille. Il y a du sang partout, et il n'y a rien à faire, il faut éponger et attendre que ça sèche une nouvelle fois, jusqu'au prochain coup bas. Il n'y a que les vrais amis qui soient des pansements efficaces contre cet épanchement-là. Et les vrais amis sont moins nombreux qu'on a d'orteils au pied.

Marin H devine la peine qui va s'échapper comme une marée noire. Marin H sait. Il sait que, depuis huit ans, l'homme-babouin est mon psoriasis, ma dartre, maladie qui vous colle à la peau et se réveille quand on ne l'attend plus. Il comprend la boucherie qu'il va faire dans mon ventre mais il insiste, il a un livre à faire.

Dans ce café où il m'a donné rendez-vous, je suis attablée avec d'autres. Je le vois, il sourit. Il a l'air gentil. Je ne suis pas prête, pas encore. Je reste avec mes amis, des qui ne connaissent rien de ce qui me lie à l'homme-babouin. Mes compagnons sont loin de tout ça, ils vivent dans une autre France, moins germanopratine.

Marin H ne dit rien, il attend. Il pose sur sa table un livre, non, un torchon. Un ramassis de mensonges en vente libre. Sûr que le nettoyeur du babouin, son singe de main, celui qui fait place nette avant et après le passage de son héros, comme Jean Reno dans *Nikita*, sûr que celui-là a dû déployer des ressources infinies face à un auteur pour qu'il accepte de bâcler pareil torchon. Quand je vois le pavé sur la table, le « truc », ce machin dégueulasse qui me décrit menteuse aux dents longues, coupable d'avoir sali le grand homme, quand je vois le livre, je me dis que l'homme gentil risque d'attendre très longtemps avant de me voir à sa table. Cet homme a de mauvaises lectures.

Finalement je me décide. Ça devait bien, un jour. Il a fallu tout raconter de nouveau, comme au tribunal. Les attaques du babouin, la peine qui a suivi, la peur des hommes que seuls les psychiatres soignent, pensent pouvoir soigner, n'arrangent jamais complètement. Les menaces, aussi, jamais à moi, jamais en face, par-derrière, comme les apostats. Il a fallu égrener les journalistes qui savent, ne disent rien, se taisent, protègent. Ils veulent du légal, l'immunité, du sans risque. Ils veulent mon sacrifice pour leur protection, et qu'importe que je ne vive plus jamais après ça.

Je refais l'histoire devant l'homme gentil. Je repasse le film, la pellicule usée, fatiguée. Comme moi.

Le rendez-vous de vingt minutes a duré deux heures. Huit ans de vie gâchée, c'est long à raconter. Marin H me croit. Il sait que je dis vrai. Il se cache derrière la femme, doit rester concentré sur elle, mais il voulait se faire son idée, savoir si je suis une menteuse. Il n'a pas vu ça dans le fond de mon œil, le mensonge. Marin H a vu autre chose dans mes yeux, je ne sais pas quoi, mais il faut bien qu'il ait vu quelque chose pour m'écrire cette nuit-là, à minuit : « Ne faites pas de bêtise, vous êtes une belle personne et la vie vaut la peine d'être vécue, même quand on n'y croit plus vraiment. Continuez d'écrire, ne vous arrêtez jamais. » Il est minuit quand je reçois le message, minuit quand il l'envoie. On n'est déjà plus jeudi et pas encore vendredi. Après il y aura samedi, puis dimanche, dimanche 15 mai. Il est minuit et je ne sais pas encore que moi, Tristane, trente et un ans, il ne me reste que trois jours à vivre.

J'aurais sans doute profité davantage du vendredi, puis du samedi qui a suivi, si j'avais su que ma vie s'arrêterait ce dimanche-là. J'aurais passé des heures au bois avec Flaubert, mon chien, qui n'avait rien demandé et surtout pas de finir en photo dans le *Parisien*, chien le plus recherché de France. J'aurais passé des après-midi entières au supermarché, anonyme, fondue dans la foule. J'aurais acheté le journal comme mon voisin, fait la queue à la boulangerie. Je n'aurais rien fait d'extraordinaire, au contraire, je me serais coulée dans la normalité. Au lieu de ça, j'ai écrit, comme s'il y avait une urgence, comme si je ne savais faire que ça, parce que, peut-être, il n'y avait déjà plus que ça à faire.

Les paroles de Marin H frappent comme le son d'une discothèque dans ma tête, ses lectures aussi, passages à vomir, vrai roman d'une fausse vie. Avant qu'il me le montre, je n'avais pas lu. Il y avait encore trop de bons livres en attente dans ma bibliothèque pour me plonger dans un roman de gare. Marin m'a montré, un passage entier, mon chapitre. On y parle de moi, enfin, il s'agit bien de mon nom et de mon prénom. La ressemblance s'arrête là, ou presque. Derrière mon nom, mon prénom, et tout un tas de détails qui prouvent que l'on me raconte, on a inventé une histoire, des événements, des conversations, des coups de fil avec des gens dont je n'ai jamais entendu la voix. L'auteur me connaît mal, pourtant. Il me prête un vocabulaire que j'ignore, des mots que je n'utilise pas, dont je connais à peine le sens. Il me fait hurler « autodafé », un mot comme hallali, dont je dois encore vérifier le genre dans le dictionnaire. L'auteur m'invente une vie, des intentions, mauvaises forcément. Et c'est écrit, publié, c'est en vente à la Fnac, chez Virgin, sur Amazon. C'est écrit, et comme tout ce qui est écrit, ça semble vrai, ça fait sérieux. Les gens vont croire à tout ça. C'est pourquoi, quand on invente, on précise « roman » sur les livres, sinon il y a bien longtemps que les gens marcheraient dans les rues le nez en l'air en attendant que Batman descende du ciel pour les sauver.

Je me réveille la nuit. Je devrais dormir pourtant, dès dimanche, je ne le pourrai plus. Mais déjà, je n'y arrive pas. Je me demande si d'autres ont lu le torchon. Des journalistes, oui, sans doute. L'auteur n'est pas écrivain, il est tisserand, il tricote des farces, fait des écheveaux d'histoires et présente des tissus de mensonges comme de la soie véritable. Et je suis sûre qu'il dort la nuit.

Le samedi matin, il est 9 heures et on parle du babouin à la télévision. Il est super-héros, messie, sauveur. Les spécialistes de l'anticipation le disent capable de tout : c'est lui qui redressera le pays, baissera les impôts, comprendra les plus faibles et apportera le bonheur et le repos dans chaque foyer français. Merveilleux babouin. On le montre en photo, en action, aux quatre coins du monde, Superman. Quand je le vois, son regard me glace, l'écran de la télévision ne protège de rien, son sourire ne s'adresse qu'à moi, il me l'enfonce dans le ventre et ne disparaît de l'image que quand je vomis mon déjeuner. Soudain me revient son message sur mon téléphone : « Alors, je vous fais peur ? » C'était il y a huit ans.

Les années ont passé, mais rien n'a complètement effacé son souvenir. Il y a eu lui pour me faire peur, les journalistes pour me poser des questions et me redire que tout ça avait bien existé, qu'il n'y avait rien à faire pour essayer de faire croire le contraire à mes tripes. Il y a eu cette émission, aussi, c'était il y a quatre ans et l'alcool m'avait débridée. J'avais enfin parlé mais j'avais trop souri en le faisant. Il aurait fallu que je sanglote pour qu'on comprenne les vrais ravages de cette chose-là. Mais l'alcool me donnait du rose aux joues et, comme Molière, je voulais rire de ce qui me faisait pleurer à l'intérieur. C'était un dîner, c'était la moindre des politesses que de dire les choses avec légèreté. Personne n'aurait apprécié la séance de psychanalyse forcée d'une jeune femme pas encore complètement guérie. Je n'étais ni à la gendarmerie, ni chez mon analyste. Chez eux, j'aurais crié librement, peut-être même hurlé en espérant que ça sorte complètement. Le faubourg Saint-Honoré n'était pas la bonne adresse pour les larmes. Ce soir-là, encore une fois, le microcosme des invités avait dit « On sait, mais… » Ils avaient attendu que les lumières soient éteintes, les caméras baissées, l'enregistrement stoppé. Il avaient attendu tout ça pour me dire « On sait, mais… » Mais quoi ? Mais il ne fallait pas faire de vagues, surtout ne rien laisser fuiter vers le peuple. Seule l'élite pouvait connaître, seule l'élite savait tenir sa langue. Et puis ce n'était rien, ou si peu de chose, les petites gens ne comprendraient pas, elles donneraient une importance disproportionnée à l'affaire. « Il n'y a pas mort d'homme », dira plus tard un de ceux qui font la France intelligente. Non, ça n'est rien, il n'y a pas mort d'homme, seulement cela serait quelques vies détruites. Et moi, je fais le calcul… En huit ans ? Trois par semaine ? Douze par mois ? Cent quarante-quatre par an ? Mille cent cinquante-deux depuis moi ? Cinq cent soixante-seize depuis qu'à ce dîner, vous n'avez rien dit ? Non, ça n'est rien, il n'y aurait toujours pas mort d'homme.

Mais ne me demandez jamais pourquoi je n'ai pas porté plainte ce jour-là. Regardez-vous, regardez-vous tous, et répondez à ma place. Vous me devez au moins ça.

Le samedi soir on sort dîner, on va au cinéma, on danse ou on fait l'amour. Il y a plein de choses à faire un samedi soir quand on est une fille heureuse de trente et un ans. Mais je ne suis pas de celles-là, le bonheur s'est fait la malle il y a quelque temps déjà. Alors on est samedi soir, et je digère lentement les mensonges du livre. Je ne sais même plus le titre, je ne veux pas savoir, je voudrais que ce livre n'existe pas, que Spiderman prenne tous les exemplaires dans sa toile et les pilonne sur Saturne. Je ne comprends pas, je ne sais pas qui sont ces hommes qui dorment, peut-être même tranquilles, après avoir déclaré m'avoir eue au téléphone, prêté des menaces, des aigreurs... Leur fiction me donne des spasmes, ça me lance dans les tripes, elle creuse un ulcère que seul l'aveu de leurs menteries saurait guérir.

Comme je n'ai pas dormi la nuit d'avant, je me dis qu'il faut se coucher tôt. Il est 22 heures. Dehors, pendant que des filles qui me ressemblent clignent des yeux maquillés face à des garçons amoureux, je m'assoupis presque tranquillement.

J'ai ça pour moi, la tranquillité de l'esprit. Mon téléphone est sur vibreur, ses frétillements, au rythme des mails qui tombent, font comme une berceuse, un métronome. Je m'endors.

Je ne saurai jamais pourquoi, à 3 heures, je me réveille. Le téléphone vibre, un mail tombé dans la boîte s'écrase comme un Boeing, mais il ne fait pas plus de bruit que les autres. Alors, pourquoi ? Pressentiment, peut-être, vague impression de catastrophe imminente. Pourtant, je ne regarde pas tout de suite l'écran de l'appareil. Mon esprit est ailleurs. Je pense que je veux appeler David, mon avocat, mais je pense aussi que je ne veux pas le déranger, qu'on est le week-end et qu'on peut être avocat et avoir droit à sa vie, même si l'on est mon avocat et que l'on défend une fille qui ne vit plus. David me sauve comme on sauve les sans-abri, par charité, pour l'amitié d'une connaissance que l'on partage, par gentillesse. Déjà, l'année passée, il m'avait sauvée des griffes d'une éditrice qui s'était prise pour une héroïne de tragédie grecque. Elle m'avait fait la danse du ventre pour sortir mon dernier roman, « un peu mon histoire » m'avait-elle dit pour m'émouvoir, avant de me poignarder dans le dos. La dame n'a pas tenu face à David, elle avait pourtant Goliath derrière elle, mais parfois, tout de même, la justice triomphe. Il est 3 heures et je voudrais appeler David, lui crier « Je sais qu'il est tard, mais je t'en supplie, tue l'auteur du nouveau brûlot, du énième brûlot, tue ce nouveau soldat du babouin qui veut m'abattre jusqu'à ce que ma tête saigne de douleur, tue-le à coups de loi, de code pénal, de jurisprudence ! Tue-le comme tu veux, mais achève-le David, ne le laisse pas s'en sortir, je t'en supplie. » Il est 3 heures et je voudrais lui dire tout ça. Mais on est dimanche et je ne le peux pas. Pas de texto non plus, je ne peux pas prendre le risque de le réveiller, ce serait injuste et égoïste. Alors je vais lui écrire un mail qu'il aura à son réveil. Un mail qu'il pourra ne pas lire avant lundi, s'il ne le veut pas.

Il est 3 h 17 quand, enfin, j'attrape mon téléphone.

Des dizaines de messages, des centaines de messages, mon téléphone est à l'overdose, on ne parle que du babouin à l'intérieur. L'écran vomit son nom, encore et encore. On me transfère, on me raconte, on me témoigne en direct, de là-bas, d'ici, on commente l'impossible nouvelle : l'homme-babouin a été arrêté. L'homme-babouin ne nuira plus. Il a voulu en abîmer une de trop à New York, une que l'on dira plus courageuse que moi avant de découvrir, à force de remuer la boue, qu'elle n'était pas si nette que ça, une que le pays défendra, cet autre pays, ce territoire où l'on ne préserve pas les briseurs de vie comme chez nous. Mon mail à David sera un peu plus long que prévu, c'est tout. Puis je diffuse l'information, sans commentaire. Je viens de m'exprimer pour la dernière fois. La Toile a dû garder la trace de cette parole de moi. Mon dernier mot aux autres aura été de ne pas en dire. Fille du silence.

Je m'endors tranquille. Quoi qu'il arrive, David veille sur moi. Je m'endors avec cette conviction, et avec une autre, angoissante, que ce que je viens d'apprendre n'est qu'une farce, un poisson d'avril attardé, une erreur de mauvais goût, l'espoir d'une justice qui aura disparu au réveil, quand j'ouvrirai les yeux et que je découvrirai que l'arrestation n'a jamais existé, que la justice des hommes n'est possible que dans le sommeil profond.

On est dimanche 15 mai et il est 8 heures. Je ne sais pas encore que ma vie s'est arrêtée cette nuit. J'ouvre les yeux avec le souvenir confus d'avoir envoyé un mail, écrit qu'il fallait arrêter ce livre, le brûler ou juste le faire taire. Je me réveille en ne pensant qu'à ça. C'est après que le reste me revient. L'homme-babouin arrêté. Le choc. J'admire celle qui a eu le courage de s'élever contre le puissant. J'ai honte de moi. Si j'avais voulu, j'aurais pu. Aurais-je dû ?

Pourtant, dès le dimanche, j'ai douté. Le lundi, au téléphone, je dis à Véronique que c'est trop énorme, qu'il y a manipulation, c'est un coup monté, ça n'est pas possible, pas maintenant, pas après l'histoire de la Porsche, pas à quelques mois des primaires socialistes, pas à une année de la présidentielle. Quelque chose ne me paraît pas net dans cette histoire. Je le dis mais ne le crie pas, ne l'écris pas. Là encore, je sais que personne ne croira que j'aie pu penser cette chose-là. Depuis huit ans, je suis la menteuse, la mytho.

Comme je pense et que le sommeil est encore un peu là, je ne vois pas le téléphone qui danse dans le lit, s'agite, joue la rumba. Il n'arrête pas de trembler, il a peur, il a froid. Je l'attrape, l'interroge. Il déborde, il n'en peut plus, les appels n'ont pas cessé depuis cette nuit. On lui parle anglais, japonais, italien, espagnol, français, chinois, vietnamien, belge, canadien, australien, sud-coréen… Je ne connais pas tous ces gens, journalistes, chasseurs de scoops, quêteurs du témoignage de la fille d'avant cette dame-courage. Tous se souviennent, ont vu, revu, découvert ce dîner d'il y a quatre ans. Ce dîner où, merde, oui, je souriais.

Les numéros apparaissent sur l'écran comme tombent les chiffres du Loto. Ils sont longs, ils disent 33 avant le reste.

Il est 8 h 28 quand David s'affiche enfin. Il me calme. Il me parle de l'arrestation, de l'homme qui devait rentrer sauver la France et que l'on a cueilli dans un avion. Il me faut un moment pour comprendre qu'il n'a pas lu le mail. S'il m'appelle à 8 h 28 un dimanche, c'est qu'il sait déjà que le monde entier m'appelle. Il est en week-end avec sa compagne et son fils. Il rentre.

Au bas de mon immeuble à Boulogne, il y a déjà du monde. Un ami passe me prendre, je déménage. Je n'ai pas le choix. Je fuis, je pars me cacher, m'enterrer. Ma mère m'appelle, elle hurle dans mon répondeur, les journalistes sont chez elle, la suivent, l'attaquent de questions Elle répond, ne fait que répondre, maman qui ne sait plus se taire. Je ne lui réponds pas, je ne réponds à personne.

Il me faut six heures pour trouver une nouvelle adresse. Je ne prends que mon sac, mon chien, ma peur et mon ordinateur. Je ne sais pas pourquoi l'ordinateur, peut-être parce que je n'ai pas d'homme auprès de moi pour m'accompagner. Ma cachette est petite, mais discrète. Flaubert s'adapte, compagnon de galère. Les journalistes ne savent pas encore cet endroit, les amis et maman non plus.

Ce dimanche n'en finit pas, c'est le dimanche le plus long du monde. Le train de David prend son temps, ma messagerie rend l'âme, je sens mon courage s'émietter. Déjà, la réalité me dépasse.

J'allume le téléviseur. Aussitôt le petit écran crache ma photo, mon nom étalé dans tous les alphabets. « Celle qui avait parlé avant, celle qui avait prévenu... » Sur l'objet « Tristane », les étiquettes varient. Tour à tour, on me couvre de courage ou de traîtrise. On m'aime ou l'on me déteste, le gris de l'opinion n'existe plus. Je suis commentée, sujet de plateaux, de journaux télévisés, d'exposés sur le Net, dans les rues, les cafés, discussions de comptoir. « Je » n'existe plus, en un jour « TristaneBanon » est devenu un mot de la langue courante, un sujet de conversation comme la météo ou les prochaines vacances. On n'est pas encore lundi, et chaque Français a son avis, sa vérité, ses arguments.

Ils « savent » tous, tandis que moi, j'attends David, et je ne sais plus rien.

Facebook, 15 mai

Bonjour, je viens d'apprendre la nouvelle à propos de DSK et je commence à croire les rumeurs qui circulaient sur lui. Je serais content de vous compter parmi mes amis.

Fabien

On se retrouve chez lui, il me présente : « Tristane, briseuse de vacances ! » Il détend l'atmosphère, dédramatise. L'enfant de trois ans court, il vit. Il a vécu la journée au rythme des appels de papa. Émilie me soigne comme une mère, me fait boire chaud, manger sain, rire. Puis David met CNN. Ma mère en grand écran, elle défend sa fille, on parle de moi, encore. David commente, Émilie observe, et moi je pense tiens, elle s'est coupé les cheveux. Je pense à ça pour ne pas entendre. David zappe, les chaînes répètent en boucle ma vie cassée il y a huit ans, les attaques du babouin, mon récit comme une prophétie, celui de l'autre, là-bas, même histoire que la mienne. Tout à coup on me croit. Le grand homme est tombé, on est libre de cracher sur lui, de me couver, moi la peut-être, la pourquoi pas, la sans doute affabulatrice, la manipulatrice. Mais quand il était là-haut, assis sur son trône, qui de vous tous, vous qui saviez, avait dénoncé celui qu'aujourd'hui vous huez ? Là-bas, le détail de ses attaques est ânonné dans la lucarne comme la liste des courses. J'entends mon nom comme un cri lointain, mon histoire mêlée à celle de l'autre femme.

La tête me tourne. On la dit honnête, employée modèle. Je me sens un peu responsable de sa vie gâchée. Les visages qui défilent à l'écran sont tout aussi responsables que moi, celle qui n'a pas porté plainte alors, journalistes avertis, amis permissifs, nous sommes tous coupables.

David note les éléments, prépare l'attaque. Il me prête ses épaules, répond aux appels, gronde les méchants, les agressifs, les voleurs de vie, voleurs de scoops, chasseurs d'images.

Je rentre tard. Je ne dormirai pas ce soir, première nuit blafarde d'une longue série de nuits couleur néon. Le matin arrive avec les journaux, réactions toutes neuves des amis du sérail, compagnon du babouin. Ils font front, barrière de sécurité encore infranchissable.

Pour l'heure, la défense s'installe. L'ami est encore présumé innocent, et que tous sachent depuis longtemps l'homme dangereux ne change rien. Il est inculpé, pas encore condamné. Ils veulent tous être les premiers à parler comme les amis de toujours, on ne sait jamais, si le babouin revient tout propre demain, ils seront récompensés.

Vient le tour de celui qui, à l'époque, avait voulu m'aider. Le voici qui arrive à l'antenne, il est sur toutes les chaînes, la télévision sait démultiplier la parole et l'image. Du temps de son embonpoint, il avait eu peur pour moi, s'était inquiété, avait eu honte pour son parti, pour le babouin. Il avait insisté : « Il faut porter plainte ! » Selon lui, l'homme devait payer, il en faisait une question d'honneur, de principe. Je crois qu'il pensait également à moi, à ce qui s'était cassé à l'intérieur. Il répétait que c'était important pour ma « reconstruction », comme si la justice pouvait faire le maître d'œuvre du chantier laissé par l'homme. Il avait appelé maman souvent. Elle qui le connaissait un peu me répétait : « Il est gentil, il s'inquiète. » Cet homme me croyait, il me faisait comme un repère lointain mais aimant, prévenant, soucieux. J'ai aimé cet homme bienveillant comme on aime l'oncle d'Amérique. C'était il y a huit ans, l'ambition ne l'avait pas encore mangé tout entier, ou peut-être la rondeur protégeait-elle son humanité. Huit ans durant, j'ai cru qu'une autre politique était possible grâce à cet homme-là. Il était mon héros. Il n'avait pas vraiment de charisme, pas franchement de prestance, je lui disais l'allure d'un poulpe, mais c'était un homme brillant et bon, et c'était encore le plus important. Il était droit, intègre. Je croyais encore très fort en ça.

Ce lundi-là, ce 16 mai, ma vie ne s'était arrêtée que depuis quelques heures quand j'ai vu son visage amaigri sur l'écran de la télévision. Sa nouvelle tête est grave, je pense déjà à ce qu'il va pouvoir dire.

Comme il sait les méfaits d'avant les menottes, je lui fais confiance. Lui ne va pas feindre la surprise ou la compassion, il est trop droit pour ça. Je l'imagine rester distant, honnête et responsable. Ni trop, ni trop peu, service minimum. Il va faire le job. Il s'apprête à parler et je suis encore sûre de ça.

L'ancien gros a pris de la hauteur. Il s'est glissé dans un costume de presque président. Il dit qu'il pense à « l'homme » et là je pense qu'il oublie babouin… l'homme-babouin. C'est plus exact et il le sait. Il dit qu'il est choqué, qu'ils sont tous choqués, qu'il ne pouvait pas s'attendre à ça. Qu'il pense à la femme de l'homme aussi, à sa famille, à ses enfants. Je vais avaler la télécommande, manger mon chien, fumer les rideaux, hurler à la mort. Menteur. Lâche. Est-ce que le cœur peut partir avec les kilos ? Existe-t-il, quelque part, dans le corps et dans l'âme de chacun, un orifice secret par où faire entrer l'ambition et s'échapper l'humanité ? Tu aurais pu te contenter de faire le job et rien d'autre, je n'attendais pas de miracle. Mais maintenir ton parti dans la tourmente ne te suffisait donc pas ? Il fallait cet air effaré, cette mélancolie feinte, cette tristesse d'apparat, cette compassion dégoulinante ? Qu'es-tu devenu ? Surtout, ne te retourne pas, tu risquerais de vomir sur l'homme que tu es à présent.

Je peux toujours m'égosiller, l'homme ne m'entend pas derrière l'écran. Alors je vomis à sa place et le raye du genre humain. Il est ma première nausée de la semaine.

Puis c'est le tour de la madone. Elle lit, comme si sa solidarité ne tenait pas dans sa tête. Elle lit qu'elle pense à eux, le père, la mère et l'enfant. Papa entravé, enfants malmenés, femme bafouée. Elle pense à eux, n'en peut plus de penser à eux. Elle m'oublie, moi… Mais savait-elle ? Je dois être juste, je ne sais rien de ce qu'elle connaissait, ignorait peut-être. La madone est tellement haut perchée dans sa tour, son château, là-bas, dans les nuages, peut-être n'a-t-elle jamais entendu les bruits de sa cour. Elle inventait des mots, ça isole des discussions communes. Je lui accorde le bénéfice du doute.

Arrive la dame du Nord. Je ne l'aimais pas avant ça. Pas assez jolie, trop comme ci, pas assez comme ça. Je lui trouvais tout un tas de choses futiles qui n'allaient pas : elle ne savait pas s'habiller, avait les hanches trop larges, le sourire forcé, le rire absent. Et puis elle n'avait pas l'envergure, surtout, elle n'avait pas l'envie chevillée au corps, ou peut-être que ça ne se voyait pas assez. Mais la dame du Nord apparaît sur l'écran. La dame apparaît et je devine qu'elle ne saura pas mentir. Elle ne va pas feindre l'étonnement. Elle savait, peut-être même qu'elle s'en veut. Alors elle l'oublie, lui, sa femme, ses enfants, ses soucis, ses cloportes, sa chemise de nuit. Elle oublie la vie de l'arrêté et c'est comme un soulagement. Elle pense au parti, normal, elle est maîtresse d'école, rappelle aux enfants qu'il faut rester groupés pour traverser la rue. C'est ce que j'appelle faire le travail. Bravo, Madame.

C'est alors qu'apparaît la blonde des extrêmes. Ça n'est pas son image qui me choque tout de suite, quoiqu'il y eût à redire. Simplement, je ne mange pas de son pain trop blanc, ce qui la rapproche des gens m'éloigne d'elle. Et pourtant, je voudrais l'applaudir, l'embrasser. Elle sort la vérité, sans peur, ne lui trouve aucune excuse. Elle est violente, accuse le cirque qu'elle regarde : « Mais enfin, arrêtez, vous saviez, je savais, nous savions tous ! »

Je me fais peur. Se pourrait-il que je pactise avec Satan ? Prends du recul, Tristane, du recul. Oui, mais quand même.

Les mails tombent comme des quilles. L'avocat des débuts refait surface, il est « toujours là » si je veux. Toujours là ? Mais où était-il alors, toutes ces années ? Sous la table ? Sous la chaise ? Sous son ombre ? Il me redonne son numéro de portable, c'est vrai, j'aurais pu le perdre. Puis il envoie un nouveau message, me redit qu'il pense à moi.

Tous ces gens qui pensent à moi, soudain. Qui savaient depuis huit ans. Qui n'ont jamais pensé à rien et qui, subitement, ne pensent plus qu'à moi. Je ne réponds pas, je suis muette depuis le 15 mai, autiste forcenée. Dans quelques jours, le temps de se dire que les plateaux de la sacro-sainte télévision manquent trop à son quotidien, l'avocat des débuts va se précipiter, vendre sa mère, ses filles, sa secrétaire, sa veste… moi, il va me vendre moi, pour quelques minutes sur des plateaux. Comme la vérité ne lui appartient plus, la vérité est réservée à David, alors il dit tout et surtout n'importe quoi. Il invente que je ne lui ai pas retiré « l'affaire », qu'il en est parti, d'ailleurs, il n'y avait pas « d'affaire », dossier vide selon lui. Il faut qu'il en ait bien peu, des affaires, l'avocat, pour avoir insisté dès dimanche pour reprendre gracieusement un dossier vide.

Mon téléphone sonne, ne fait que sonner, je vis dans le sas d'entrée d'un magasin. Le jour, la nuit, ça ne s'arrête pas. Les amis soutiennent, certains s'en vont, comme celui qui m'écrit, alors que je n'ai rien fait, rien dit : « Que ce soit vrai importe peu, faire ça est honteux, c'est une flèche plantée dans le dos de la gauche, tu n'en sortiras pas grandie »... L'ancien ami est journaliste. Il y a encore quelques jours, il déjeunait chez moi, s'asseyait sur ma chaise, caressait mon chien, appréciait un repas que je lui avais cuisiné. Alors quoi ? De quoi suis-je responsable ? Je me suis juré le silence, pourtant je l'appelle, je ne peux pas croire ce que je lis. Comme il ne répond pas, je laisse un message, m'insurge, faire « ça », c'est faire quoi ? Rester terrée chez soi, un « chez-soi » qui n'est même pas chez moi ? Ne pas répondre aux sollicitations ? Se taire ? Refuser les interviews, les directs, les semi-directs, les différés, les enregistrés, les d'ici, les d'ailleurs, les du monde entier ? Faire « ça », c'est faire quoi ? Ne rien faire, se faire toute petite, minuscule, une poussière ? Tu t'en fous de la poussière, comme de l'amitié que tu balayes au nom de la gauche qui souffre. Et moi ? As-tu pensé que je pouvais souffrir de tout ce cirque, que j'étais innocente ?

Que je n'avais rien demandé, ni il y a huit ans, ni depuis deux semaines, pas même répondu que je ne voulais pas répondre, pas même confié un morceau de mot sur lequel un journaliste pourrait prendre appui pour écrire ? Faire « ça », c'est faire quoi ? Exister ? Depuis le 15 mai, c'est la seule chose que j'ai tenté de continuer à faire. Vivre, ou plutôt survivre. Pardon.

Facebook, 16 mai

Bonjour,

Quelle que soit la décision que tu prendras, maintenant les gens te croient. Courage à toi pour la suite. Que tu portes plainte ou non, je te soutiendrai. Courage !

Fabien

Je n'ai jamais aimé les dimanches, ils ont un goût de mort. Ce lundi sonne comme un dimanche et ça ne lui va pas.

Je ne sais plus qui croire. On m'écrit qu'on me soutient, qu'on comprend mon silence, que je vis un calvaire. Mais « on » vient de partout, des amis, les vrais, déjà présents hier ; mais aussi ceux de l'école maternelle, Internet permet ça, le retour des fantômes de la petite section. Il y a ceux qui étaient partis, aussi, ceux qui avaient eu peur que le babouin vire président et qui me voyaient comme le VIH de leurs fréquentations, la maladie, forcément, se déclarerait le jour de la passation de pouvoir et les ferait finir au cimetière cathodique. Tous reviennent, sprinter du retour opportuniste. Il y a ceux qui ne prennent pas de risque, ménagent les deux parties. Ceux qui, comme le prince persan, inondent ma messagerie de vagues mielleuses, de « Ma chérie, rappelle-moi, je m'inquiète. » Un message, dix messages, vingt messages, trente textos pour le cas où je n'aurais pas entendu les messages, le prince ne s'arrête pas. Mais quand il raccroche, quand je n'ai pas répondu à ses offres de soutien moral « et désintéressé », mon prince claironne dans ses bureaux que je suis « une catin tout juste bonne à faire parler d'elle », que c'est ignoble ce que je fais. Il dit cela à sa cour qui me le rapporte. Il le dit alors qu'il sait bien que je ne fais rien. Il le sait, comme il sait qu'il rappellera sa catin dans trois minutes, car il a toujours cru en elle, sa « chérie ». L'hypocrisie est un prince perse.

Une amie, une proche, une de celles qui seront ma garde rapprochée quand les jours de cauchemar vont devenir des semaines, cette amie passe me prendre, me dit qu'il me faut de l'air, du vert. Alors on part, on prend le chien et on part. Je mets des lunettes noires même si ça me déguise en star de cinéma. Une casquette, il fait beau et mes cheveux trop blonds ont appris à se cacher dedans, la promenade biquotidienne du chien l'exige, même le bout de la rue est une expédition à risque. Mon amie rit, Sandra se moque, mon téléphone qui vibre sans s'arrêter lui fait penser à un jouet pour enfant devenu fou. C'est un peu ça, la folie gagne mon entourage, mon quotidien. Les ventes de journaux s'affolent, le journal télévisé fait de meilleures audiences qu'un épisode de *Kho Lanta* et les émissions de débat sur le sujet font exploser l'Audimat. Les médias ont trouvé leur feuilleton, il a ses rebondissements, ses bons et ses méchants, ses échéances et ses « À suivre », je suis l'un des personnages secondaires de cette série B.

Facebook, 17 mai
Bonjour,
Tu devrais maintenant porter plainte contre DSK.
Bon courage, Tristane
Fabien

Facebook, 17 mai
Courage, tu finiras par coincer DSK *!*
Fabien

Facebook, 17 mai
Chère Tristane,
Merci de m'avoir accepté parmi tes amis, c'est un grand honneur pour moi, sache-le ! J'espère que tu iras jusqu'au bout de ta démarche, et que ta plainte aboutira.
Ton ami,
Frédéric

Facebook, 18 mai
Bonjour, est-ce que ça va bien ?
Porte plainte contre DSK *pour te soulager.*
Fabien

Je continue de ne pas répondre, ne fais que regarder défiler les noms, les numéros inconnus. Ce « Fabien », qui déjà devient insistant, ce « Frédéric », qui se dit mon ami, ne sont que deux parmi cent. Je ne veux pas rater mon avocat, mon éditrice, un peu comme ma grande sœur. Il y a aussi mon vieil ami de Boulogne, retraité attentionné. Bientôt, sa femme et lui choisiront un tas d'activités cachées pour me changer les idées : les fonds de restaurant, les vieux cinémas, leur maison de campagne. Ils s'inquiètent, me voient virer au gris. Ils se fichent de l'actualité, ils veulent simplement repeindre mes joues en rose.

Flaubert court. Au bois, Flaubert est libre, c'est son moment. Je veux qu'il oublie tout, il n'est qu'un chien, les dérives d'un malade ne devraient jamais influer sur le bonheur d'un animal, de mon chien.

Le téléphone sonne encore, c'est David. On me propose beaucoup d'argent pour aller sur un plateau de télévision américain annoncer que je porte plainte. On lui propose la même chose, vols compris et nuit dans un grand hôtel en sus. Je voudrais comprendre, et comme je ne comprends pas, je dis à David de tous les envoyer se faire voir. Je lui dis qu'il ne s'agit pas de se faire de la publicité, de l'argent ou une image d'héroïne de tragédie grecque avec ce qui reste de l'histoire sordide d'un homme de pouvoir qui a gâché ma vie. David n'attendait pas une autre réponse de ma part.

Maman parle. Maman parle beaucoup, maman parle trop. Son visage passe en boucle sur les chaînes d'infos, elle dit des choses vraies, elle veut me défendre, et elle dit des choses fausses, aussi. Elle se trompe. Maman maladroite. Arrête, maman, arrête, je t'en prie, tout ça ne va pas m'aider.

Bonjour Tristane,

Le Vanity Fair *espagnol souhaiterait vous accorder un long portrait au long cours dans son prochain numéro. Je sais combien le contexte est délicat en ce moment mais l'idée, dans une telle parution, serait de prendre un peu de distance avec les événements, et de raconter comment vous avez surmonté, ou du moins appris à vivre avec cette histoire, dans votre parcours d'écrivain. Je me tiens à votre disposition pour en parler de vive voix.*

Bien à vous,

*C.T. (*Vanity Fair, *Espagne)*

Bonjour Tristane,

Après une petite discussion avec mon ami RH, je me permets à nouveau d'insister… Accepteriez-vous de prendre un café demain dans la journée ?

Bien à vous,

*C.T. (*Vanity Fair, *Espagne)*

Tristane,

Désolée de vous ennuyer, encore…

Je travaille pour le New York Times *et je lis beaucoup de choses contradictoires et fausses sur vous. C'est difficile pour moi de faire le tri. Accepteriez-vous de me parler juste 5 minutes ? Je sais que c'est désagréable, mais ce sont les exigences du métier…*

Merci

R.B. (New York Times)

Tristane,

On ne se connaît pas, je suis une amie de DS, et de F, de longue date. Pardon de vous embêter avec cette histoire. Je suis sans doute énième. Si vous voulez me parler, vous pouvez m'appeler. Bon courage

G.V. (Le Figaro)

Tristane,

Pardon de vous solliciter ainsi, je sais que cela n'est pas un moment simple pour vous… J'ai absolument besoin de vous parler, suis en bouclage, mais le papier ne paraît que vendredi, pourrions-nous nous appeler ?

G.H. (Elle)

Bonjour,

Un compte Twitter à votre nom indique que la plainte a bien été déposée. Est-ce un compte authentique ? Pouvez-vous confirmer ?

Merci,

S.L. (BFMTV)

Bonjour,

Je cherche à confirmer une info : un journal new-yorkais semble dire que la juge parlait de votre affaire lorsqu'elle a dit enquêter sur des faits similaires commis par DSK antérieurement. Pouvez-vous me dire si des enquêteurs US ont cherché à vous contacter ? Est-ce pour cela que vous ne portez pas plainte pour le moment ?

Merci d'avance,

T.M. (iTélé)

Ce n'est pas nécessaire de me raccrocher au nez, je ne mords pas.

L.G. (Le Figaro)

(Je ne lui avais pas raccroché au nez, mon téléphone avait bugué, il y avait trop d'appels…)

Bonjour,

Je suis journaliste à Europe 1 et nous souhaitons vous joindre…

Bonjour,

RV et CA souhaitent vous inviter sur BFMTV ce soir sur leur plateau à 18h… Est-ce possible pour vous ?

Bien cdmt,

T.J. (BFMTV)

Bonjour Tristane,

J'imagine que tu dois être secouée par toute cette histoire, mais sache que si tu souhaites t'exprimer dans la presse, je suis à ta disposition.

Haut les cœurs

Je t'embrasse,

D.B. (Le Figaro)

Salut Tristane,

Je t'ai envoyé un mail. Vu l'ampleur que prend la nouvelle affaire DSK, *ta vidéo Ardisson ressort sur le web, etc. Je n'ai pas envie de trop t'ennuyer avec ça, mais si tu veux répondre à tout ce qui se dit ou t'exprimer sur tout ça, n'hésite bien sûr pas à le faire sûr… Qu'en penses-tu ?*

Bon dimanche !

O.

Accepteriez-vous de répondre aux questions de CH ce soir, vers 18h15, en direct par téléphone ?

Tel moi !

Merci

M.C. (RTL)

Tristane, si vous acceptez de parler, faites-moi signe !

M.C. (RTL)

Aimeriez-vous parler sur RTL ?

M.C. (RTL)

Tristane, ma chérie, appelle-moi. Tu fais n'importe quoi et la communication de ton avocat est catastrophique !

A.

Chouchou, appelle-moi.

A.

Je pense à toi ma chérie.

A.

Bonjour Tristane,

Faites-moi l'honneur d'accepter de me parler juste 5 minutes au téléphone.

*R.O. (*Envoyé spécial, *France 2)*

Bonsoir Tristane Banon,

Ce sms un peu tardif pour réitérer mon souhait de vous interviewer. J'ai rendez-vous avec votre avocat demain et j'ai longuement interviewé votre maman la semaine dernière. Je travaille pour l'émission Complément d'enquête *sur France 2.*

Cordialement,

F.C. (France 2)

Je suis à New York, les télés US *passent ta photo en boucle. Fais-moi signe si tu veux parler dans un média local.*

Bisou, bon courage.

Dis donc cocotte, le journal me harcèle pour mettre la main sur toi. Je leur ai répondu que je n'étais qu'un « go between », point barre. Ils me demandent juste de te dire que si tu as des révélations fracassantes à faire, donne-leur la priorité. Tu te doutes bien qu'ils seront les seuls à ne rien adoucir (contrairement à la presse de gauche, j'imagine). Pour le reste, fais quand même attention à toi, je t'embrasse.

L.S.

Bonjour,

Je suis GG, journaliste à RTL. Votre mère m'a donné votre numéro de téléphone, et j'ai bien entendu le message sur le répondeur. Néanmoins, si vous décidiez de communiquer un peu plus tôt, n'hésitez pas à me joindre.

Bonne soirée, à très vite j'espère.

G.G. (RTL)

Bonjour Tristane,

Je suis GG, de RTL. Je vous imagine très sollicitée en ce moment, mais auriez-vous quelques minutes à me consacrer, ne serait-ce qu'informellement ? Je vous souhaite une bonne journée.

G.G. (RTL)

Bonjour,

De nouveau GG de RTL. Je voulais savoir si vous comptiez vous exprimer aujourd'hui ? Si oui, n'hésitez pas à me prévenir.

Cordialement.

G.G. (RTL)

Votre avocat dément que vous ayez déposé plainte, contrairement à ce que dit un compte Tweeter à votre nom. Pourriez-vous juste me dire si ce compte est un faux ?

Très cordialement, dans l'attente de votre réponse.

G.G. (RTL)

Bonjour,

Si vous souhaitez vous exprimer, Yves Calvi aimerait vous inviter pour son interview matinale. 3-4 minutes, liberté de parole, et possibilité d'enregistrer à l'avance si besoin de contrôler vos dires.

Cordialement,

G.G. (RTL)

Bonjour Tristane,

Toujours pas de nouvelles de votre part, contrairement à ce que dit votre messagerie. Pensez-vous vous exprimer bientôt ?

Bonne journée,

G. (RTL)

Bonjour Tristane,

Seriez-vous disponible pour vous exprimer, maintenant que le bruit médiatique s'est atténué ? Si vous le souhaitez, nous pouvons nous rencontrer autour d'un verre pour en parler.

Bonne journée,

G.G. (RTL)

Etc.

Comme ma messagerie est au bord de l'indigestion et que Flaubert court, comme Sandra est là pour me faire rire de rien, alors je me dis que c'est le moment, qu'il faut écouter quelques-unes de ces voix, les écouter pour pouvoir les effacer et libérer de l'espace pour les suivantes. J'entends des inconnus et des gens croisés, « Souviens-toi... », « Tu te rappelles... », « J'ai toujours cru en toi, tu sais... », « Je gère la programmation d'une émission... Si tu pouvais venir... », « Si tu pouvais t'expliquer chez moi. » M'expliquer de quoi ? De ce que je vais porter plainte ou non ? Maintenant que vous me croyez, maintenant que vous m'écoutez, il faudrait que je « m'explique » parce que vous avez décidé que le temps est venu ? Vous seriez les grands décisionnaires du calendrier de ma vie ? Au nom de quoi ? Je vous entends encore, vous, les mêmes qui, aujourd'hui, m'ordonnez de porter plainte et, si possible, de venir l'annoncer sur vos plateaux, je vous entends encore, il y a huit ans, me conseiller de ne surtout pas le faire. Pourquoi ne répondez-vous pas à ceux qui demandent pourquoi il n'y a pas eu de plainte à l'époque ? Pourquoi ne leur dites-vous pas que vous-même, qui allez aujourd'hui interroger l'opinion publique et commenter à longueur de débats une plainte qui vous aurait été « indispensable » pour enquêter, pourquoi ne leur dites-vous pas que vous-même m'ordonniez de ne pas le faire sous peine de bannissement ? Parce que ma mère vous a déchargés de ce poids en s'accusant de cette décision ? Mauvaise mère qui a si mal orienté sa fille ! Qu'elle est bonne, ma mauvaise mère, de vous offrir ses épaules pour que vous vous fassiez la courte échelle. Elle n'a pas menti, il est vrai qu'elle m'avait dit de me taire. Mais elle n'avait rien ordonné, elle avait juste conseillé, m'avait laissé le choix. C'est vous qui aviez achevé de me convaincre. Vous, gens de presse, croisés çà et là, qui me disiez que cela ne rimerait à rien de s'attaquer à si grand, si important. Vous étiez honnêtes, à l'époque, vous saviez que c'était parole contre parole et que sa parole valait plus que la mienne. Je n'étais qu'une petite rue bleue du Monopoly quand lui possédait toutes les cartes rouges. Vous aviez alors l'honnêteté d'avouer que la justice des hommes ne passerait sans doute jamais par ce chemin-là. C'est aujourd'hui que vous mentez, aujourd'hui que vous refusez d'admettre l'évidence, aujourd'hui que vous dites – au lieu d'avouer – que, peut-être, les choses changent et que ce qui est envisageable désormais était inconcevable hier, aujourd'hui que vous dites « mais pourquoi n'avait-elle pas… ? » Pourquoi ? Parce que ça n'aurait servi à rien, qu'à me salir un peu plus, et de ça je ne me serais peut-être pas remise. À présent que je suis pleine de boue, que je suis sale jusqu'au cœur des os, la question se pose à nouveau, il est vrai. Mais de grâce, ne décidez pas une nouvelle fois à ma place, laissez-moi le temps d'y penser, de m'y préparer, de tout peser, ne me volez pas mes choix une seconde fois, et tant pis si ça ne colle pas avec la programmation de vos émissions.

Car finalement, comment vous expliquer ce que je ne sais pas ? Comment signer que j'irai là-bas, témoigner pour celle que je ne connais pas ? Aider à enfermer plus de soixante-dix ans un homme sur la seule foi de mon intime conviction, dans un pays où la présomption d'innocence n'existe pas ? Alors, c'est cela ? Il faut que j'aille « l'aider », lui apporter mon soutien ? Oh oui, je voudrais le voir avaler les barreaux d'une cellule et s'étouffer avec. Oh oui, je voudrais que des détenus lui fassent subir, ici ou là-bas, l'humiliation qu'on réserve à ces hommes-là, un peu de cette humiliation que j'ai ressentie. Mais comment décider ? Comment choisir d'aller se mêler d'une histoire qui n'est pas la mienne, qui a beaucoup de la mienne sauf qu'elle est celle d'une autre ? Comment offrir sa vie et son intimité, que la presse d'un autre pays, d'un autre continent, dévoilera comme le nouvel épisode d'un vulgaire *soap opera* pour une « affaire » dont je ne connais rien de plus que ce que le jury médiatique en dit ? Le tribunal cathodique n'a-t-il pas menti mille fois sur moi depuis dimanche ? Que dit-il de vrai, de faux sur elle ? Mes épaules font comme les bouteilles d'Orangina, en pente et de courte largeur. Auront-elles la force de supporter la vindicte de ceux qui me verront comme celle par qui le scandale arrive sur nos terres ? Comme la méchante fille qui tire sur l'homme déjà à genoux ?

Sandra me dit que je pense trop, que je pars trop loin, qu'il faut revenir, qu'elle est sur terre et moi aussi, et qu'il ne faut pas se laisser aller, que le ciel peut attendre. Je sais qu'elle a raison, je sais qu'elle a peur aussi, que le noir sous mes yeux ne lui dit rien qui vaille. Je ne lui dis pas que, oui, le ciel peut sûrement attendre, mais qu'il paraît calme et doux comparé au sol des hommes devenus fous.

Sur Amazon, mes livres redeviennent disponibles. Mes éditeurs me les certifiaient épuisés, fatigués, impossibles à requinquer. Il ne m'appartient pas de savoir si ceux-là reviennent de la cave ou des imprimeries, le score médiocre de leurs ventes est comme une petite victoire. Je ne serais pas étonnée de les voir revenir au pas de course, un bandeau rouge avec son nom à lui, le prisonnier, mon geôlier, enserrant la couverture de mes écrits intimes, des écrits qui sont un peu ma vie. Alors ils partiront comme les pains du boulanger, ils partiront et je saurai que le monde est à pleurer.

Facebook, 20 mai

Bonjour,

Honte sur toi !

Pourquoi ne portes-tu pas plainte ? Je ne te comprends pas. Si tu dis vrai, il faut porter plainte !

Si tu ne portes pas plainte, c'est que tu mens, et si tu as fait ça pour te faire de la publicité, alors tu n'es vraiment pas une femme respectable !

Fabien

Facebook, 22 mai

Bonjour,

Je t'ai retirée de mes amis. Je ne comprends pas que tu ne portes pas plainte et que tu n'ailles pas soutenir cette femme. Peut-être est-ce parce qu'elle dit vrai et pas toi !

J'aurais honte à ta place.

Adieu.

Fabien G.

Facebook, 25 mai

Bah non, mes pauvres tarés, pourquoi voulez-vous que je porte plainte ? Violée, moi ? Jamais !!! Je vous ai tous entubés, ça m'a fait une super pub, ouh, ouh, et ce pauvre DSK je l'aime trop pour le faire aller moisir en taule. Je vous ai tous entubés mes pauvres cocos, comme toutes les meufs qui se sont fait réellement violer !

Frédéric L.

Facebook, 26 mai

Tu profites du mouvement médiatique et pourtant je compatis pour les femmes violées et maltraitées, mais franchement, tu fais honte. Free DSK !

Emma

Sur Facebook, les « amitiés » se font et se défont. Les gens écrivent ce qu'ils veulent sur mon « mur », ils débattent sur moi, en dehors de moi. On m'apostrophe, on me soutient, on me plaint, on m'ordonne, on m'insulte, on me lâche. Une nouvelle page s'est créée. Elle porte mon nom, m'assure de son soutien. Ils sont plus de quatre cents à se la partager, mais un seul tient les brides, un inconnu, inconditionnel. Chaque jour qui passe, il mange ma vie, m'impose ses choix, piétine mon nom sur l'autel de ma défense. Comme ses intentions sont bonnes, il faut se taire, courber l'échine face à celui qui se sacrifie. Mais je ne suis pas madone, je ne veux pas de l'homme au calice pour dévoué serviteur, meilleur ami autoproclamé. Les trop aimants sont souvent pires que les détesteurs. Quelques semaines plus tard, il partira, liquidera le stock des amis quand n'arrivera pas la reconnaissance attendue. Ses courriers électroniques hurleront ses dix kilos perdus pour moi depuis le dimanche, sa famille délaissée, ses enfants oubliés, les RTT pour dégager le temps d'exhumer mon passé, ériger mon monument. Je suis sa trépassée, son grand combat, la religion d'un désespéré. De cette croyance, je ne veux pas. Les bibles imposées me font peur.

Mon retraité appelle, vrai homme bon, il propose de prendre un verre. Sa femme est sortie et la compagnie d'une fugitive lui ferait plaisir. Sandra lui passe le relais. Je passe de main en main, et Flaubert suit, compagnon fidèle. Nous allons nous cacher au fond d'un bar anonyme. Il me demande « Quelles sont les nouvelles ? », comme si j'étais en relation directe avec les Renseignements généraux ou la pègre. Il me dit qu'il ne faut pas que je porte plainte, que c'est une vieille histoire tout ça, que ce serait mauvais pour moi. Il ne sait pas que ses mots me rendent folle. Une vieille histoire ? Ma vie piétinée comme un trottoir, une vieille histoire ? Il poursuit que ce serait du sadisme de « s'acharner sur une ambulance », que je n'aurais rien à y gagner.

J'aime mon retraité, je l'aime et le respecte. Mais les ambulances sauvent des vies et je n'ai pas vu que mon babouin ait l'altruisme chevillé au cœur. L'homme enfermé de l'autre côté de la mer n'a jamais sauvé personne. Mais de quelle ambulance parle-t-on ? Une ambulance qui, comme un bulldozer de chantier, a écrasé mes certitudes en la vie et la sérénité qui allait avec ? Comme je sais l'homme profondément inquiet, campé sur ses positions avec le seul but de protéger ce qu'il reste de moi, je ne réponds rien. Je reste calme, lui promets de réfléchir à la messe qu'il a déjà dite en mon nom. Il accuse les pourfendeurs de vie privée de parler à ma place, de juger mes décisions et mes non-décisions, de contester mon vœu de silence, de s'approprier ma vie. Il accuse comme le ferait un père, mais il ne se voit pas être comme eux, s'approprier mes réflexions, tenter d'influencer mes choix, de modeler la malade.

Je me dirige vers le cabinet de David, le chien à mes pieds. J'appelle que j'arrive, je suis en chemin, dans la voiture du retraité. David enfile des gants de satin pour m'avertir que les journalistes sont là, devant son bureau, au pied de l'immeuble, sur le trottoir, mantes religieuses. Il me dit de ne pas paniquer, de ne pas m'inquiéter, tout se passera bien. Je veux faire demi-tour, mais il insiste, « Ne t'en fais pas, ne dis rien, et si tu y es contrainte, dis que tu n'as pas de déclarations à faire, que je suis ton avocat et que tu parleras en temps voulu. »

Je tremble, je ne veux pas affronter les caméras, les micros, les regards. Flaubert se dresse, fier comme Artaban, protecteur de sa maîtresse. À huit mois, ce chien n'a jamais aboyé, sauf au passage des vélos et des trottinettes, ce qui roule l'effraie. Mais là, l'animal me sent mal en point, prête à fléchir, sa maîtresse prend l'eau, la sueur la noie. La voiture me dépose en face de l'immeuble. Il faut traverser, appuyer sur le bouton qui ouvrira la porte cochère, avancer droit vers le grand escalier et grimper, grimper comme on escalade le mont Blanc, avec la certitude que la vue sera plus belle une fois en haut. Je vois flou, je ne cherche pas à distinguer les visages. On m'apostrophe, « Mademoiselle, comptez-vous porter plainte ? », « Est-il vrai que vous préparez le dossier avec votre avocat ? », « Que pensez-vous du cas Ophélia ? », « Irez-vous témoigner pour elle ? », « Mademoiselle… » Mes oreilles bourdonnent. J'ai peur qu'ils viennent plus près, il me faut de l'air, un sas de survie entre eux et moi, une distance de sécurité. Je ne veux pas parler, rien de ce que je pourrais dire ne conviendrait.

Alors j'entends le chien aboyer. Et j'entends Flaubert aller vers eux et leur crier, de sa voix d'animal, qui n'en peut plus de la bêtise humaine, de me laisser en paix, que ce qui doit être dit sera dit en temps voulu ! Il les repousse, les fait reculer, permet mon passage silencieux, tranquille.

Fille du silence. Merci Flaubert.

Ça n'est qu'une fois à l'abri, déjà sur la deuxième marche, que mon compagnon me rejoint, fier de lui.

Plus tard, bien plus tard, David propose de me déposer à mon chez-moi provisoire. Il a un rendez-vous dans le quartier. Et je n'ai pas le courage de sortir seule, d'affronter les caméras seule. S'il faut parler, il sera là. Il est mon paratonnerre. La descente accompagnée est moins effrayante que la montée solitaire.

Benoît, l'associé de David, m'explique l'évidence : « Quoi que tu fasses, ça sera le mauvais choix. Toutes les options foutront un morceau de ta vie en l'air. C'est un peu comme les pneus de vélos lorsqu'ils sont percés, on peut toujours mettre des rustines et de la bonne volonté, ils n'auront jamais l'aspect et la résistance d'un pneu neuf. Mais avec David, nous ferons tout pour que tu sortes lavée d'une histoire qui ne t'a que trop salie depuis huit ans. Je ne sais pas si nous pourrons éviter que tu sois détruite encore un peu plus, mangée par le passé, rien ne sera facile dans ce qui va arriver, quoi qu'il arrive, mais tu seras propre comme la fille que tu aurais dû rester... Enfin, j'espère que nous parviendrons à ça. »

Les mots n'étaient peut-être pas exactement ceux-là, mais l'idée générale est là. David et son associé veulent que justice soit faite, car la justice doit aussi servir à laver l'honneur des victimes, parfois. L'état de victime est un état irréversible. Une victime lavée de tout soupçon restera à jamais une victime, jamais plus elle ne sera un être humain comme les autres. Je rêverais d'une ardoise magique, un de ces jouets pour enfant sur lequel je pourrais écrire tout le mal absorbé ces dernières années, balancer toute ma haine contre celui qui, ce jour-là, a tout gâché, écrire sur l'écran de l'ardoise avec les points et les virgules. Tout écrire et secouer bien fort, que tout s'efface comme les jeux de morpions de quand j'étais petite. Tout effacer et reprendre de zéro, sans lui, sans ce livre, ce premier essai qui m'a menée vers lui, un livre qu'à bien des égards je n'ai jamais cessé de payer.

Facebook, 10 juin

Votre comportement dans l'affaire DSK *est incompréhensible. Vous auriez pu sauver bien d'autres femmes de ce que vous avez vécu. Si tout le monde fait comme vous, les monstres pourront vivre tranquilles.*

Cordialement,

Marie

Au téléphone, nous sommes toujours trois maintenant. Trois depuis le 15, le 16 ou le 17. Difficile à savoir, l'invité n'a pas prévenu de son arrivée par bristol, mal élevé, ne dit même pas bonjour. L'oreille écoute en silence, veut qu'on l'oublie. Quand je parle, quand l'autre répond, je me demande si le troisième roupille, suit attentivement les phrases et les respirations, mange un sandwich. Prend-il des notes ? Bâille-t-il à la fin de chaque virgule ? Le téléphone coupe toujours à la troisième phrase, c'est le temps de la mise en place, de sa mise en place, à lui, le troisième homme. Comme je le sais, comme celui qui m'appelle sait, nous laissons le temps à l'invité imposé de s'installer. On lui dit de se faire un café chaud et de s'armer de patience, la conversation risque d'être d'un ennui mortel pour celui qui n'est pas vraiment concerné, les secrets n'ont plus leur place à l'appareil depuis longtemps. On improvise les initiales, on enchaîne les mots mystères, les noms de code. Quand je raccroche, je me dis qu'on fait un drôle de ménage à trois.

Ce soir-là, je vais faire ce que je n'aurais jamais dû. Il devrait exister quelque part un petit manuel à l'attention de celui qui est pris dans la tourmente médiatique. Il pourrait s'appeler *Guide de survie psychologique dans un monde cathodique*. Ce soir-là, donc, j'allume le téléviseur. Je fais défiler les chaînes. Les émissions sont toutes aussi « spéciales » les unes que les autres, ne parlent que de « ça », tiennent les mêmes débats, s'interrogent sur les mêmes questions, remettent en cause les mêmes certitudes, parlent de « Tristane » comme d'une chose, refont ma vie selon les besoins de leurs sujets.

C'est ce soir-là qu'il est apparu pour la première fois, lui, penseur autoproclamé, philosophe de terrain. Fier de ses convictions acquises dans des pays suffisamment lointains ou dangereux pour que personne ne soit jamais allé vraiment vérifier qu'il y ait accompli tout ce dont il se targue. C'est ce soir-là qu'il apparaît pour la première fois devant moi. Je n'ai jamais jugé l'homme depuis que je sais qu'il existe, jamais commenté son air arrogant, sa mèche brushée comme celle du Ken de Barbie. Je n'ai jamais rien dit sur lui quand beaucoup, autour de moi, lui crachaient violemment dessus lorsque ses prises de position étaient discutables. Je n'ai jamais mis en doute ses paroles. Je ne l'ai jamais fait, car elles ne m'ont jamais intéressée et, surtout, je n'ai jamais su démêler le vrai du faux de ses multiples avis sur tous les moments que la France peut vivre. Mais, ce soir-là, l'homme est en croisade. De plateau en plateau, tel un dévoué prophète de la bonne parole, il court défendre son « ami », pauvre ami outrageusement retenu dans des geôles étrangères. Ce soir-là, il me juge. Pire, il m'accuse. Je suis la vilaine, l'odieuse qui, depuis que son ami souffre, depuis qu'il s'est fait prendre comme un vulgaire malfrat de banlieue, enfonce un clou déjà rouillé en courant les émissions pour y montrer mon minois et faire ma honteuse publicité. Jamais, jamais, il ne peut avoir vu mon « minois » derrière les projecteurs dont, lui, il n'a su se passer, plus présent qu'un prompteur partout où la lumière rouge s'allume. Sa drogue n'est pas la mienne. Pendant que je fuyais les médias, que je m'évertuais à devenir invisible, rentrant jusqu'à la dernière mèche de mes cheveux sous ma casquette, lui posait ses fesses prétentieuses sur les plateaux de toutes les chaînes qui lui tendaient le micro, insinuant dans la tête des gens des images qui n'ont jamais existé. J'ai fait vœu de silence, pourtant, je voudrais tant le voir, face à l'une de ces caméras qu'il chérit, me redire ses accusations droit dans les yeux. Je ne pensais pas qu'il serait si difficile de me taire, que les vautours mangeraient ma vie comme des charognes, transformeraient les contours de la vérité, la modèleraient selon leurs envies et leurs besoins, dès lors qu'ils ont compris que, même s'il fallait que je me ronge les doigts jusqu'au sang, je ne leur ferais pas la joie de me prêter à leur cirque ridicule. Les jugements ne doivent pas être rendus devant des caméras. Seuls les juges condamneront les coupables. Je sais que l'on peut se perdre à ce jeu-là, et je n'ai d'autre excuse, pour avoir parlé lors de ce dîner cathodique, que la volonté de me décharger auprès de ceux qui avaient le pouvoir de faire le travail à ma place, d'empêcher le bourreau de nuire en creusant ce que je me sentais incapable de dévoiler moi-même. C'était lâche, je le sais. Je n'ai pas honte de cette lâcheté-là, j'étais juste une jeune femme de vingt-sept ans qui voulait se reconstruire, sans pour autant laisser le crime impuni. Mon erreur a été de croire qu'il y avait peut-être des super-héros autour de la table, ou devant l'écran. Des super-héros pour combattre les forces du mal. Je me suis trompée.

Fanny vit à Rennes. Fanny est mon amie des bons moments et des mauvais, celle que je n'oublie jamais et qui pense à moi de loin. Fanny a une santé fragile, le cœur abîmé. Les réseaux sociaux permettent aux étrangers de savoir les liens qui nous unissent, je n'avais jamais vraiment eu de problèmes avec ça avant, je n'ai rien à cacher. Mais Fanny s'inquiète pour moi. Son patron l'agresse : « Elle va comment, votre copine ? Vous la connaissez vraiment ? Elle est bonne, hein ? Pas étonnant que l'autre lui ait sauté dessus ! Vous lui direz qu'elle a tout mon soutien, hein, vous lui direz ? Et elle fait quoi là, maintenant ? » Il y a les journalistes, aussi, ceux qui veulent passer par l'amie pour retrouver la fugitive. Puis les discussions, toutes les discussions, dans les bars, les restaurants, chez les amis... « Toi qui la connais... » Elle se tait, avale les ignominies de ceux qui savent car ils ont un cousin dont la sœur connaît le mec de celle qui... Alors elle entend ma vie réassaisonnée à toutes les sauces, n'en peut plus de ces cuisiniers bas de gamme.

Fanny sait la vérité. Elle n'a jamais douté. Fanny me connaît et, parce qu'elle me connaît, elle sait que je dis vrai. C'est tout. Au téléphone, elle me raconte sa mère partie en Italie avec deux amies retraitées. Là-bas, Le *Corriere della Sera* fait ses choux gras de « l'affaire », et quand mon nom a fait les gros titres, les copines ont commenté. Sans savoir, comme on le fait pour s'occuper, comme elles auraient pu parler du temps qu'il fait ou du drame de Fukushima que tout le monde semble avoir oublié. La mère de Fanny s'est tue, on ne touche pas à l'amie de sa fille. Puis, c'était à quelques heures du retour, elle n'a plus supporté ces bavardages. Fanny me raconte : « Tu aurais entendu maman, elle leur a hurlé dessus "Alors, maintenant, ça suffit, c'est la copine de ma fille, alors vous vous taisez, et puis c'est tout !" Et elle est partie de son côté. Elles ont fait le voyage à l'opposé l'une des autres. » Fanny a gagné, enfin je souris.

David explique ma volonté de ne rien décider trop vite. Il dit aux journalistes qu'il faut le temps de sortir la balance de cuisine, celui de peser les conséquences des actes, qu'ils ne fassent pas s'envoler des certitudes trop légères. Dans cette déclaration, lui et moi avons mis toutes nos croyances en la justice des hommes, le respect des procédures de mon pays et l'importance du présumé innocent.

J'allume l'ordinateur.

Facebook, 10 juin

Je viens d'entendre la déclaration de votre avocat. Je suis ravi d'avoir pu influencer votre décision.

Ces mots sont signés Mathieu, dix-sept ans.

La rue partage le trottoir avec un bar d'habitués. Flaubert passe devant, chaque soir, observe les fumeurs sur le pavé. Aujourd'hui ils sont nombreux, peut-être dix ou vingt, c'est un paquet entier qui se consomme en collégial. Il fait nuit noire, le bout de la rue est sur une autre galaxie, invisible à l'œil nu. J'avance de mémoire, entends l'éclat des voix, le souffle goudronné. « Vas-y, je te dis que c'est elle, c'est la nana du journal, c'est Tristane Banon, je te dis… Whala, je te dis, c'est elle… Mais comment, tu me crois pas ? Tu veux que je lui demande ? Mais puisque je te dis que c'est elle… T'es un bâtard, bordel, c'est elle je te dis. » J'arrive à hauteur du nuage toxique, cherche une contenance, regarde le sol comme une piste d'atterrissage rassurante, discrétion de Boeing, ou d'albatros. Je me chante des comptines, couve le chien, prie pour éviter l'apostrophe. Le troupeau passé, je remercie le ciel, m'excuse pour mes années d'athéisme. Flaubert s'enfonce dans le charbon de la nuit, je le suis, je suis rassurée, tout ce noir nous protège. Puis on m'appelle, j'entends mon prénom, « Tristane ». Je me retourne par réflexe, alors le plus grand des veaux s'écrie « Ziva, tu vois, j'avais raison ! » Le troupeau court vers moi. Je détale comme si ma vie en dépendait, passe par des rues inconnues, refuse l'accès direct au repaire. Flaubert aboie, des lumières s'allument aux étages des couloirs sombres du quartier.

Demain, j'accepterai pour la première fois la présence de Moïse, 1,90 m, 140 kg, le noir aux joues et les Ray-Ban comme une carte de visite. Moïse ne me lâchera plus, il sera l'homme « à bonne distance », ne saura dire que ça, me répéter qu'il doit rester « à bonne distance ». Il m'apprend une nouvelle langue, des codes secrets pour l'appeler à l'aide, des mots que seuls lui et moi devons savoir. Il me faudra trois jours pour les détester, lui, son flot ininterrompu de paroles, son amour de Jamiroquai, ses avis sur tout et sa passion pour une culture limitée à Balzac et Chateaubriand. « Ceux qui n'ont pas lu ça n'ont rien lu », qu'il me répète. Je voudrais lui dire que ceux qui n'ont lu *que* ça n'ont rien lu, mais je me tais. Moïse a désormais ma vie entre ses grandes mains. Autrefois, cette chose m'appartenait.

Je n'irai pas soutenir la femme de l'autre côté de la mer. Dans la rue, personne ne comprend ma décision que David tente d'expliquer, comme il le peut, à des journalistes qui ne veulent pas vraiment l'entendre, à une opinion publique qui ne le veut pas vraiment non plus. Personne n'accepte la simple peur, les chevilles en cendres, la gueule du monstre médiatique prête à avaler.

Je reste silencieuse. Je ne sais rien ajouter aux mots de David. Il répète que l'autre femme, si ses accusations sont avérées, devra se défendre seule. Notre vision de la justice, cette vision qui nous fait nous endormir tranquilles, ne permet pas qu'un homme soit condamné pour un crime du simple fait qu'un crime similaire a existé. Alors on m'accuse de mensonge, de machination, d'ignominie, de délaisser la femme américaine. Je voudrais hurler qu'ils n'ont rien compris, que la justice fait que si la femme noire gagne, elle gagnera seule, son histoire est entre elle et lui. J'ai la mienne, avec le même « lui » qu'elle, nous la réglerons en temps voulu, devant la justice de mon pays. Ça se passera entre lui et moi, entre tous ses avocats et le mien, il sera présumé innocent, et je sais que, par moi et peut-être un jour par les juges de mon pays, il sera déclaré coupable. J'ai droit à cette reconnaissance. Je le méprise autant qu'elle, mais je ne veux pas laisser le jury médiatique décider à ma place, je ne veux pas qu'il me saisisse, qu'il m'entraîne vers la vengeance. Alors je me tais, encore et toujours je me tais, quand je voudrais crier, hurler, détruire mon téléviseur, bouffer le journal du jour, casser la radio ; quand je voudrais expliquer à chacun de ceux qui me harcèlent ces choses trop complexes. Finalement j'enfonce mon oreiller dans ma bouche, je beugle comme une bête sans qu'un son sorte vraiment, comme si je me tirais une balle au silencieux, suicide propre. Puis je regarde Flaubert, et je me dis qu'il faut le sortir. Parce que, même quand la vie s'arrête, il faut sortir le chien.

La balade a duré dix-sept minutes, pas une de plus. Au bout de la rue, un homme sort un bouledogue français. Il ne m'a pas reconnue, je crois. Les chiens jouent quand il me dit : « Je comprends que vous n'y alliez pas, c'est normal, mais du coup les gens pensent que vous mentez ! »

Je réponds que je veux juste sortir mon chien, ne pas parler, ne pas polémiquer, ne pas argumenter.

Puis il interpelle une dame qui passe, il veut son avis sur la question. Parce que tout le monde a un avis sur la question. J'aimerais avoir leurs certitudes. La femme ne m'a pas reconnue tout de suite, mais l'homme a tôt fait de lui rafraîchir la mémoire. Les photos d'hier, prises à la sortie du cabinet d'avocats, Flaubert trottinant entre David et moi, ces photos-là ont déjà fait le tour du monde. Alors la femme donne son avis. Elle dit que non, qu'elle ne comprend pas, qu'elle trouve même ça honteux, qu'il faudrait que j'aide cette pauvre femme, que je ne peux pas rester insensible à son destin. Puis, très vite, ils sont sept, peut-être huit sur cette petite place. Je ne veux pas les entendre, je fixe le chien qui joue avec le bouledogue. Flaubert a huit mois, il ne faut pas qu'il délaisse tout à fait le jeu par ma faute, je sais trop les ravages de ces oublis-là. Mais la dame devient insistante, et elle me dit : « Il faut dire aussi que vous n'auriez pas dû aller le voir avec un déshabillé transparent, mademoiselle. » Mes nerfs lâchent. Je sors de mon mutisme, je ne peux pas laisser dire ça. Alors j'explique que j'avais un col roulé noir, un COL ROULÉ, je hurle COL ROULÉ en articulant du mieux que je le peux, en séparant bien chaque syllabe pour qu'elle comprenne. Je voudrais lui épeler le mot, comme on le fait avec les jeunes enfants à l'école, ou avec les étrangers. COL ROULÉ, COL ROULÉ, C-O-L-R-O-U-L-É ! Mais elle s'en fiche, la dame se fiche de ce que je lui dis, elle me regarde et, avec toute l'assurance d'un représentant de commerce, elle me dit : « Mais non, puisque je vous dis que je l'ai lu, vous étiez en déshabillé ! »

Tout m'échappe, des bouts de ma vie s'en vont, les gens, des inconnus, les captent et refont l'histoire à leur goût. Un peu de ça, un soupçon d'autre chose, remuez le tout, et voici le résultat. Je ne peux plus rien dire, c'est l'autre qui compte, la Tristane qu'on raconte dans les journaux, celle qu'ils s'imaginent quand ils lisent, quand ils entendent débattre, quand ils écoutent à la radio les vérités de ceux qui ne savent rien, supputent, inventent, transforment. Cette dame devait regarder le philosophe quand il a affirmé que je courais les émissions du petit écran depuis dimanche.

Finalement, la dame use le peu qu'il me reste de courage. Ma tête me fait mal. J'appelle Flaubert et je pars en courant, je fuis, on fuit, on pourrait s'envoler, je cours comme si mon corps devait exulter avant de retourner se plier, se cacher dans une boîte close, un appartement planqué de tous, planqué de « ça ». Je cours et je pense : « Et vous me demandez encore pourquoi je me tais ? »

Ma nouvelle adresse dure trois jours, un peu comme les messages de *Mission Impossible* dans la série de mon adolescence. Bientôt, mon chez-moi tiendra dans quelques sacs, maison mobile, je suis un bernard-l'hermite, je cache mon chien sous ma coquille.

Ce matin-là, une jeune femme me fixe, elle a les yeux couleur caramel et les cheveux d'un garçon. Elle demande si je suis moi et je réponds que je ne sais pas. C'est Ionesco sur les quais de Seine. Puis elle avoue qu'elle est journaliste pour la cinquième, qui ne s'appelle plus comme ça depuis les dernières rediffusions de *Jeanne et Serge* au temps du collège. Elle pose des questions et je lâche des moignons d'information. Il est trop tôt, ou trop tard, pour contrôler la voix qui doit se taire. Alors je lui fais jurer le silence, lui promets que, si elle parle, j'enverrai Flaubert la déguster par la racine et qu'il n'en restera rien. Elle respectera son vœu, s'inquiétera même pour moi, mais le lendemain, Flaubert et moi marcherons sur une nouvelle moquette. Mieux vaut prévenir, c'est le plus sûr adage de la non-vie. Car je n'ai plus de vie. La mienne est partie dans des mains étrangères.

Dans cet appartement, personne ne peut m'atteindre, m'entendre dénoncer, le dénoncer, les dénoncer tous. Seule la folie de celle qui supporte la haine et le mensonge en silence, l'hypocrisie aussi, me déguste à petit feu.

J'allume l'ordinateur. Yahoo me propose un article sur moi en première page. Je projette d'assassiner Yahoo. Je me dis que je peux, j'ai un bon avocat. Je ris. Je vais finir folle. Il n'y a plus que moi pour tenter de me faire rire, seule dans cet appartement où rien ne m'appartient, pas même moi.

Il faut que je m'occupe. Que j'occupe mon esprit avant qu'il se fasse la belle pour de bon. Je vais sur ma messagerie et mon visage s'illumine. Sept cent quatre-vingt-cinq nouveaux messages depuis ce matin. Un seul retient mon attention. Je ne l'attendais plus, ne l'espérais plus. Marin H m'a envoyé un message. Il dit : « C'est fou, non ? nous nous sommes vus il y a moins d'un mois, le 13, et voilà. »

Et voilà, oui, c'est fou. Dans cette histoire, le hasard est dans les pas de chacun d'entre nous.

Le numéro de la suite, ma rencontre avec Alain juste avant « l'affaire », mon mail du 14 à David cette nuit-là, et la présence de Nafissatou Diallo dans cette suite-là, ce 15 mai-là, le hasard sans doute, aussi, toujours le hasard. Cinquante-sept pour cent des Français appellent encore ce hasard « machination », d'autres, à la télévision, « fait étonnant », d'autres encore « preuve »... Sûrement que les bonnes sœurs doivent appeler ce hasard-là « volonté de Dieu ».

Je réponds à Marin H que c'est fou, oui, que la vie est folle. Il me dit : « Mais on vous croit maintenant, le pouvoir a changé. » Je pense qu'il n'y a pas de pouvoir, que le pouvoir est cette chose magique que possédait Pégase dans *Les Chevaliers du Zodiaque*, que ce pouvoir servait à faire le bien et à sauver le monde et que, non, le pouvoir n'a pas changé de main, le pouvoir n'a jamais existé. Et si le pouvoir est la certitude de s'en sortir vivant, la tête et le corps en bonne santé, rescapé de tout ça, alors non, le pouvoir n'a pas changé de camp, le pouvoir s'installe là où il a toujours été, du côté des puissants. Mais parce qu'il s'est inquiété avant les autres, parce qu'il a cherché la vérité avant les autres, parce qu'il sait que je ne suis pour rien dans tout ce bruit autour de moi, parce qu'il n'est pas suffisamment proche pour que je n'aie pas le courage, pas suffisamment inconnu pour m'effrayer non plus, pour tout ça, j'accepte de le voir. Je me fiche qu'il soit journaliste, je me fiche qu'il raconte, je me fiche du risque de trop en dire, je veux juste parler à quelqu'un comme on se confierait à son psychanalyste. Il n'est encore que l'ami à usage unique, comme les Kleenex qui aident à supporter le nez coulant le temps du rhume, présence de circonstance mais présence quand même, « œil objectif proche du dossier ». Je ne sais pas encore qu'il sera l'un des personnages capitaux du reste de mon histoire.

Il m'a proposé un verre dans un café proche de ma tanière, à 18 heures, le soir même. Il appelle mon chien Adrien, ça l'amuse. Il sait bien qu'il s'appelle Flaubert et qu'Adrien était le serveur qui gérait notre table lors de notre première rencontre, le jeudi d'avant le dimanche. Il met du rire dans les événements et des informations capitales au bout des phrases. Comme je ne sais plus quoi penser, il me donne son avis et me dit que David parle bien, qu'il a compris notre position et cette volonté de ne pas participer au cinéma juridico-médiatique qui se joue là-bas, même si la vérité est de mon côté. Il comprend que les enquêteurs de l'homme me détruiront, que la presse états-unienne m'interdira de vivre, qu'il me faut du calme pour ne pas mourir. Il m'indique les bons journalistes et les mauvais, me narre le passé de l'auteur du brûlot hagiographique. Il me donne quelques clés, et moi, dépassée par l'ampleur de la vague, j'ouvre péniblement les portes. Il me dit que le retentissement est mondial, qu'il a des amis, ailleurs, dans des ailleurs qui sont bien loin d'ici, ces amis-là lui donnent des images de l'étranger, polaroïds d'un cataclysme, « l'événement au plus fort retentissement médiatique depuis le 11 Septembre ». Il me dit ça, et moi je pense pauvre monde, qu'est-il donc arrivé pour que tu ne retentisses pas davantage quand la terre tremblante fait craquer tes centrales nucléaires ?

Avant de se quitter, il me dit que, dehors, son fils et son beau-fils, enfant de sa compagne, font le guet depuis le début de notre entretien. Les deux adolescents surveillent. Marin H veut savoir si lui, moi, ou nous deux sommes suivis. Les téléphones sont écoutés, c'est probable, mais quelqu'un scrute-t-il nos allées et venues ? Son livre pourrait provoquer ça, et quant à moi, il n'y aurait rien d'étonnant. Les deux jeunes gens suivront, l'un lui, l'autre moi, jusqu'à savoir. Plus tard, beaucoup plus tard dans la soirée, il me dira, en message crypté, sur le Net, le résultat de la filature.

On se sépare devant le café, « votre cantine », comme il l'appelle. Je rentre avec le sentiment étrange d'être une suivie consentante. C'est idiot, l'impression que l'on a quand on se croit suivi. C'est plus fort que soi, on surveille l'apparence, on traverse dans les clous, on tente de maintenir son chien au pas, présentable. Surtout, on se demande de quoi on a l'air, si on ne fait pas trop cruche, même si, dans le fond, on se fiche de ressembler à un broc d'eau. Parfois, au coin des rues, je cherche l'ado. Mais je ne le vois pas. Je ne vois personne, que des visages hostiles, et des unes de journaux sur le dos des kiosques, des unes avec son visage en petit, en grand et en moyen, sur les abribus, en quatre par trois, son visage qui me suit partout, m'envahit, me nargue.

Je rentre, et c'est comme si toutes les féministes de la terre avaient envahi ma boîte mails. J'allume le téléviseur, elles sont le nouveau sujet, me défendent, défendent les femmes. Je n'ai jamais été de celles-là, mais elles expliquent juste, dénoncent que l'absence de plainte n'est pas une preuve d'innocence de l'agresseur. Ça fait du bien.

Le discours n'est pas le même dans les messages qui tombent comme la pluie, le déluge, font un dégât des eaux dans mon ordinateur. L'écran vire aquarium, débordant d'insultes. Elles crient, elles accusent : « Au nom des femmes, au nom de toutes les femmes, au nom de cette innocente, là-bas, vous vous devez, vous leur devez à toutes, à toutes ces femmes maltraitées dans le monde, vous nous devez à toutes de porter plainte, d'aller aider l'Américaine ! » Pardon, mais non, je ne vous dois rien, rien du tout, rien à personne. Qu'ont-elles fait pour moi, toutes ces femmes, toutes ces dames pleines de certitudes ? Je reste reconnaissante à celles qui, comme Olivia, dans le petit écran, ont défendu mon honneur comme s'il était le leur, m'ont prêté leur voix quand je ne voulais pas que la mienne sorte. Les autres, celles de la boîte, peuvent y rester. Je m'autorise à fermer sur elles le couvercle. Un jour, peut-être, j'arriverai à assumer ces espoirs qu'elles mettent en moi.

Je ne fais pas ma bêcheuse. Je demande juste le temps de savoir, non ce qui me fera le plus de bien, mais ce qui me fera le moins de mal.

Fanny m'invite à venir passer le week-end chez elle, à Rennes. Changer d'air me fera du bien. Avant, il faut que je plaide ma cause. Je ne veux pas aller à Rennes avec Moïse, prendre le train avec lui, même s'il reste « à bonne distance ». Et si je veux être libre, je dois aller signer un papier. Je sais qu'il y a un danger, il y a toujours un danger depuis le 15 mai, mais à vivre aussi on prend des risques. On me prévient cent fois, mille fois. On me fait répéter que je suis bien « consciente ». Surtout, que personne ne soit responsable s'il m'arrive « quelque chose ».

Là-bas, j'ai de nouveau huit ans. Fanny me maquille, fait de moi une poupée, on invente des soirées pyjama et l'actualité est loin. L'actualité est à Paris ou là-bas, de l'autre côté de la mer. Fanny ne laisse pas la télévision m'envahir, me protège du monde. Pour sortir, elle invente des déguisements venus d'ailleurs, des cheveux roses ou rouges, des diadèmes, des chapeaux, des oripeaux pour faire de moi une extravagante et pas le sujet de discussion de ceux qui n'en ont plus.

Le lundi, il faudra rentrer, ça sera trop tôt, plus tard aurait toujours été trop tôt. Dans le train, le chien à mes pieds, mes sacs effondrés comme des enfants abandonnés, je colle mon nez à la vitre, je pleure comme une gamine, j'ai trois ans. Fanny laisse couler des rivières sur ses joues, n'a rien à cacher, sait ce qui m'attend, elle ne pourra plus jamais regarder les 15 mai en face. À ma droite, une dame me cogne à l'épaule, « Se peut-il que je vous ai vue à la télévision ? » Mon visage est un jambon à la coupe, le rose a tout envahi. Alors la dame répète : « C'est vous ou pas, la fille qui… ? » Il faut éponger mon visage, l'eau a tout inondé. Mes débordements de malheur ne l'intéressent pas, madame veut savoir. Deux minutes, madame, j'arrête de pleurer et je te réponds. La décence n'existe plus.

Mon téléphone me demande si je suis à Bordeaux, on dit que je suis à Bordeaux, tout le monde dit que je suis à Bordeaux. Harold propose que je passe le voir, puisque je suis à Bordeaux, Élisabeth m'offre le thé, puisque je suis à Bordeaux. Je n'ai jamais vu Bordeaux.

Quand le train arrive au Mans, un journal américain m'annonce à New York. Je suis partie témoigner, je suis enfin partie l'aider. Je suis maintenant à New York, et moi je pense que je venais tout juste de m'habituer à être à Bordeaux. Avec mon téléphone, je parcours les informations internationales. Entre Bordeaux et New York, la presse hésite, mon adresse varie selon la langue qui raconte. Je lis des témoignages de ceux qui m'ont croisée là où je n'étais pas.

J'entre en gare Montparnasse plus vraiment certaine de savoir d'où je reviens. Un message de Fanny me rappelle que j'étais à Rennes.

Ce soir-là, ma petite marraine littéraire, journaliste de ce grand magazine, qui m'avait vue naître au livre, m'écrit une centième fois. Son message n'attend pas de réponse, me dit-elle encore. Il n'attend rien, mais il comble toutes les attentes de mon téléphone : il répète qu'il croit en moi. La journaliste répète qu'elle me croit, et qu'au sein de sa rédaction, c'est elle qui suivra le sujet « Tristane ». Elle s'est battue pour ça. Elle s'est battue, car elle ne veut pas que de vilaines griffes m'égratignent dans ces pages. Elle sera garante de mon traitement, s'assurera qu'on ne me fera pas « trop » souffrir. Ce jour-là, je vais répondre à son message, je veux réapprendre, lentement, à dire merci. Il y en aura peu, des mercis. Il y aura peu de gens comme elle.

Plus tard, dans la nuit, un de ceux chez qui il m'est arrivé de passer quelques soirées bien arrosées anime une émission de débats, de celles qui me font tourner la tête et provoquent en moi l'envie de vomir. Le grand avocat médiatique, diva du barreau, plus petit par la taille que l'avocat des débuts, mais plus habitué des écrans plasma que Catherine Deneuve ou Isabelle Adjani, m'insulte en direct. Il le fait sans un mot grossier, sans rien qui puisse lui être reproché, il m'insulte… comme un avocat. Face à lui, à son regard mesquin, fier et inconscient du mal qu'il fait à une femme qu'il ne connaît pas et qu'il juge sans savoir, qu'il juge comme il parlerait de la fraîcheur d'un poisson sur un marché, face à mon petit écran de télévision, je suis impuissante, les larmes montent et font comme un raz-de-marée dans mes yeux, comme si toute la vérité du monde se noyait dans son flot de bêtises ininterrompues. Je voudrais que le micro traverse l'écran, je voudrais pouvoir répondre, lui dire que le mensonge lui va mal. Mais je ne peux rien, il est là, pétri de certitudes, il est là et il me détruit, parole après parole, comme autant de petits pas qui piétinent un château de sable. C'est alors qu'il s'est indigné, le chef de bande de mon enfance, celui qui, dans mon poste de radio, a rythmé mes après-midi avec son gang cathodique. Je ne l'ai jamais vraiment rencontré, tout juste croisé deux minutes dix, c'était il y a quelques mois, à l'inauguration de l'exposition Monet au Grand Palais. Je savais que c'était ridicule d'aller le voir, de lui dire comme dix mille autres avant moi « J'aime beaucoup ce que vous faites. » Je le savais, et pourtant je n'avais pas pu m'en empêcher. C'est qu'il représentait tout de même pour moi le symbole d'une époque, le gage qu'une certaine liberté était possible sur les ondes. Il m'avait remerciée, puis il m'avait oubliée, comme on oublie toutes celles qui vous disent ce genre de chose lors d'une inauguration Monet au Grand Palais. Je suis à peu près certaine que, ce soir-là, ce soir où il s'est élevé contre ce petit avocat confit dans son énorme ego, je suis certaine que, ce soir-là, il n'a pas fait le rapprochement entre la jeune fille blonde de l'exposition et la « Tristane » de l'actualité. Pourtant, il s'est insurgé, a interdit que l'on me dise menteuse, que l'autre me dise menteuse. Il a remis le petit nain du barreau à sa place et on n'en a plus parlé. J'ai éteint le téléviseur en me disant que, peut-être, les super-héros existaient encore.

Il est très tard quand je reçois enfin le message de Marin H. Il me parle en crypté, par un canal que nous nous réservons. Il me dit qu'il y avait un privé, un détective, derrière lui, et un autre homme, sans doute plus officiel, derrière moi. Ses ados ont aimé suivre les suiveurs. Comme je demande des détails sur Holmes et Watson, il raconte sa fierté qu'auprès de leurs amis les garçons me défendent comme une amie de la famille. Il est fier d'eux. Il est fier, et moi, je me dis que des gens bien existent. Je me dis ça, et que je suis suivie. Et qu'il va désormais falloir vivre avec ça.

Aujourd'hui, c'est mon anniversaire. Il n'y aura pas de fête ce soir. J'ai trente-deux ans, mon téléphone est sur écoute, ma messagerie sans doute surveillée, quelqu'un met ses pas dans les miens et « on » m'accuse de ne pas y aller, de ne pas porter le coup de grâce, de ne pas prendre tous les risques « au nom des femmes et de la vérité ». Qu'on prenne ma vie, l'homme derrière moi et mon téléphone qui fait le mouchard, qu'on prenne le tout, je fais un prix de gros, et qu'avec ça « on » ait le courage de porter plainte, de s'avancer un peu plus vers l'ennemi et de livrer le combat.

Combien sont-ils ? Combien à promettre des témoignages si, d'aventure, il fallait ? Combien pour m'assurer d'un soutien indéfectible ? Combien subitement disparus au moment de signer une déclaration écrite, quand il faut photocopier la pièce d'identité qui authentifie la parole donnée ? Vas-y, Tristane, va défendre ton honneur, et n'oublie pas de venger toutes les femmes opprimées… Vas-y, on te regarde ! Qu'il est beau, le courage des déserteurs.

La nuit va glisser, de message en message, commentaires postés sur des forums de lecteurs, destinataires d'une actualité prête à mâcher, internautes ravis de participer à un semblant de vie médiatique en donnant leur avis sur des images qu'on leur offre à manger comme de la pâtée à des chiens. D'heure en heure, j'égrène les noms de ceux qui ne se prononcent pas, ceux qui insultent la petite salope qui a voulu faire du bruit médiatique à moindres frais. Ceux-là dénoncent. Face aux vrais crimes, on porte plainte, avant ou maintenant. Le silence est coupable. S'ils savaient, s'ils voyaient. Comment des gens sains d'esprit peuvent-ils croire qu'une fille vivante, une fille « normale » vue de la Lune, une fille comme les autres, capable de rire, de chanter, de danser, d'aimer des garçons et même de faire des morceaux de vie avec, qu'une vie avec ses doutes et ses jours sans maquillage, son chien et ses sorties entre copines ; comment imaginer qu'une fille comme celle-là, comme tellement, décide de mourir complètement, de livrer son corps à la science médiatique, pour la gloire d'une publicité pestilentielle qui sent autant l'égout que le caniveau ?

Sur Internet, les forums, les réseaux sociaux, on commente la vie tumultueuse de la catin, l'oie blanche a des points noirs. Il me faut un moment pour comprendre que je suis encore le sujet. Je ne peux plus me voir en peinture et la Toile me dessine sans autorisation.

Depuis huit ans, ma vie sentimentale est un chaos. Un jour, ils creuseront, fouilleront. Alors ils découvriront les trop nombreux, les trop connus, les trop vieux, les trop jeunes. Mais puisqu'ils aiment l'archéologie, qu'ils fouillent plus profond, qu'ils remontent jusqu'à l'origine des choses. Jusqu'à ma vie d'avant lui. J'avais une autre réputation alors, on se moquait, Tristane bonnet de nuit, Tristane si fidèle, trop fidèle, pas drôle, trop sage. Je n'étais jamais restée moins de deux ans avec le même et quand j'étais avec l'un, je ne regardais personne d'autre. Vie casée avant l'heure, quotidien bien rangé.

Puis il y a eu l'accident, le trois tonnes qui percute mes certitudes, l'homme qui devient méchant. C'est celle d'après ça qu'ils appellent catin, celle qui apprendra à dissocier le corps de l'esprit, car c'est le seul moyen de s'en remettre, peut-être, de supporter en tout cas. La psy comprend, elle. La psy pardonne, car la psy sait. Elle m'explique le corps qui fait la java parce qu'il faut bien décider de faire soi-même n'importe quoi de l'enveloppe pour admettre qu'un autre s'en soit servi sans autorisation. La légèreté est une armure comme les autres.

Il y a d'abord eu la peur. L'impossibilité de se retrouver seule dans un endroit fermé avec un homme. Puis, petit à petit, tout doucement, l'homme plus âgé, rassurant, dont on finit par accepter les bras, le corps. Et après, le grand déballage. Le surnombre, jusqu'à l'écœurement. Puis un mariage thérapeutique, avec un qui n'avait rien à voir avec tout ça, un homme à l'air gentil, sans paillettes, sans pouvoir, sans tout ce qui m'avait fait si mal et m'a broyée. Puis je tomberai dans les bras d'un père, puis d'un fils. Catin.

Le ciel se fait pâle, nuages blafards qui annoncent le matin. Il faudra bien dormir un jour, Tristane. Ton corps ne supportera plus longtemps la culpabilité qui laisse le méchant rire de toi, de ta lâcheté, de tes craintes. Je sais bien qu'un jour, il faudra trouver le courage d'aller combattre, même si je n'ai jamais su manier les armes. Il le faudra, car le sommeil ne reviendra jamais sans ça. Il le faudra, car c'est expliqué dans les livres pour enfants, le bien finit toujours par triompher. Il le faudra car, dans l'histoire, les forces du mal sont anéanties quand Pégase va vaincre, sans peur des coups ni des blessures, sans peur pour lui ni pour sa vie, quand Pégase va défendre la vérité et, deux ans et plus de cent cinquante épisodes plus tard, quand il triomphe enfin et délivre Athéna d'une mort annoncée. Ce jour-là, j'avais treize ans et le Club Dorothée mettait le point final à ma série préférée, juste après les *Cités d'Or* et mon bel Esteban parti à la recherche des mondes ensevelis. Aujourd'hui, je voudrais répondre aux forums du monde entier que je ne suis pas Pégase, qu'être un super-héros est une vraie vocation ou le résultat d'une naissance près d'un gisement de cryptonite. Je ne suis que Tristane, une fille qui tente de faire tenir les murs de sa maison comme elle peut, une jeune femme de trente-deux ans avec ses doutes, ses petits et ses grands chagrins, ses amours ratées et ses changements de direction, sa passion pour les histoires compliquées et sa vie foutue depuis huit ans.

Je ne suis pas née près d'un gisement de kryptonite, je ne suis pas non plus tombée dans la marmite de potion magique quand j'étais bébé, et pourtant, aux premières heures de ce jeudi, je sais déjà qu'il faudra être Super Jamie bientôt. Je le sais, car je ne peux déjà plus affronter le regard de ceux qui accusent. Je le sais, car il faut bien que chacun prenne ses responsabilités, une fois, au moins une fois, dans toute cette histoire.

Quand je dis à David que les dessins animés de mon enfance m'empêchent de dormir, il me dit que je suis plus forte que Super Jamie. Il me dit ça, et qu'il sera auprès de moi, qu'il ne me lâchera pas, que s'il faut couler un jour, nous coulerons à deux. Puis il répète que la loi sert aussi à faire respecter la vérité, qu'il ne faut jamais l'oublier et toujours y croire. Alors, je ne sais pas pourquoi je pense à ça, parce que la vérité fait comme un écho dans ma tête, parce que les mensonges que j'entends n'ont pas de médicaments pour les vaincre, je ne sais pas pourquoi mais je lui dis que s'il le faut, je veux bien affronter le détecteur de mensonges. Je n'ai pas peur de lui, la machine n'aura rien à redire à mes mots. Mais je veux voir, je veux les voir tous, et le babouin à leur tête, je veux les voir passer à la machine, eux aussi, être lessivés par l'essoreuse de vérité. De ce lavage-là, je sais que je sortirai indemne. Je ne suis pas certaine que leurs histoires, elles, ne déteindront pas à la question. Lui, ceux qui savaient, ceux qui cachaient, qu'on les passe tous à la machine. Qu'ils y aillent tous et qu'on en finisse.

Marin H est mon Jiminy Cricket. Il apparaît, me donne des conseils sur le chemin à suivre et s'en va. Il me dit qu'une journaliste, une de ses amies, veut fouiller, dénoncer les méchants, renverser le système du babouin, j'entends « laver Tristane ». Il me dit de lui faire confiance, que son grand magazine lui a donné carte blanche. Mais elle a besoin de moi. Je décide de le suivre, il faut bien se choisir des amis, c'est cela ou mourir.

Elle s'appelle Sara, je me dis que c'est un beau présage d'honnêteté. On se parle une fois, longtemps, au téléphone. Plus tard, elle va rencontrer David, le convaincre qu'il peut lui faire confiance. Elles sont deux sur l'affaire et elles vont faire un travail acharné, titanesque, défaisant les écheveaux des réseaux plus sûrement que s'il s'était agi d'un clan sicilien. Virginie travaille avec Sara, elle connaît la mafia italienne, le système du babouin ne l'effraie pas. Leur présence me rassure, ma garde rapprochée se forme, la peur est encerclée d'âmes rassurantes.

Ce que je ne sais plus affronter, ce sont les regards inquisiteurs dans la rue, les incompréhensions de la non-plainte. « Pas de plainte, donc pas de vérité. » C'est ce qu'ils pensent. Je sais leurs réflexions, elles m'arrivent de partout : les courriers sont réacheminés, les insultes vont de mes maisons d'édition à ma maison tout court, Sandra les récupère et je les lis, cachée dans mon ailleurs, tandis que mon linge sale tourne dans sa cuisine. Je suis suivie à la trace, la critique ne perd pas sa méchante route. Je sais qu'il ne faut pas leur répondre tout de suite, que le temps médiatique est autre, loin des échéances juridiques, et que c'est des juges que viendra mon salut et non de la voix populaire. Je le sais, et pourtant je veux croire qu'un jour, tous sauront la vérité, que la presse comprendra, expliquera. Je veux croire à ça pour ne pas voler le collier étrangleur de mon chien et me le passer autour du cou, attaché au plafonnier.

Il faudra cacher le collier de Flaubert bien loin de moi, dans quelques semaines, quand, trop tard, sur une chaîne de la télévision publique, un présentateur vendu comme une brique de lait chez Monoprix, l'étiquette encore sur le front, agressera David : « Je ne comprends pas. Reconnaissez que le silence de votre cliente est suspect ! » Pourquoi n'avouera-t-il pas que ma parole l'aurait été tout autant ? Suspecte de trop en dire, suspecte d'arriver trop tard, suspecte d'être sur le terrain public plutôt qu'à l'ombre d'un tribunal. Il m'accuse d'avoir parlé au dîner et me condamne aujourd'hui de ne pas le faire chez lui. Alors, quoi ? Il faudrait qu'il me donne les clés de sa logique, je ne comprends plus, je suis épuisée, j'ai du mal à suivre. M'expliquera-t-il que, si je refuse aujourd'hui de faire la tournée des plateaux télé en faisant poser mon chien sous son meilleur profil, je ne suis pas crédible ? Que si je ne fais pas la *Star Academy* de l'actualité, je suis suspecte ? Et si je l'avais faite, que dirait-on de moi aujourd'hui ?

Le débat vire pugilat, la presse s'autoflagelle. Chacun dénonce un système en oubliant qu'il est une planète consentante de la constellation médiatique. Alors il faut sauver sa peau, charger la mule, l'âne, la Tristane. M'accabler pour se sauver, pour laver son honneur, se faire un nouveau costume tout propre de journaliste consciencieux. J'attends celui qui avouera, celui qui dira qu'il en était, qu'il n'a rien dit car personne ne disait rien, qu'il n'a rien dit pour faire comme les enfants du collège, ceux qui veulent être « comme tout le monde ». J'attends celui qui dénoncera que, lui aussi, lui d'abord, lui comme tous les autres, que lui savait mais ne pouvait pas parler, car on ne l'aurait pas écouté, car on ne m'aurait pas écoutée, car le jeu ne permettait pas encore d'appliquer ces règles-là. C'était il y a seulement huit ans, c'était déjà une autre époque. Au lieu de ça, les lâches succèdent aux lâches et on dit qu'il y a eu enquête, questions à mes proches, un certain souci de vérité. Pour ne pas avouer qu'ils n'ont rien fait, pour ne pas dire que l'alerte ne les a pas alarmés, les journalistes mentent, me décrivent déséquilibrée, décérébrée, déménagée. Je voudrais leur en vouloir, les détester de me salir pour se laver, eux, plus blanc que blanc. Je suis une lingette décolor-stop, je bois leur passé pour que le présent leur laisse le teint frais. Je voudrais les haïr et qu'on en finisse, jouer aux fléchettes avec le téléviseur.

Dans cette histoire, tout se mélange, les bons et les mauvais, les anciens et les nouveaux, les présents et les absents… Tous ensemble, ils font le moment, l'épreuve ou le cirque, c'est selon. Ce soir-là, je vois défiler sur YouTube les vidéos parodiques, les soutiens en images aussi. Puis un lien me conduit à une chronique radio. La billettiste s'étonne avec délicatesse de ce que ce journaliste si connu, notoirement averti de « l'affaire Banon », ait attendu qu'un confrère plus charpenté l'appelle pour dévoiler ce qu'il savait par ailleurs. Avec la finesse de la dentelle, la chroniqueuse reste pantoise face aux déclarations de cet homme qui, sans doute pris d'une amnésie de circonstance, a oublié qu'il était lui-même journaliste. La pirouette est sublime, le lâche ridicule et la chroniqueuse mon héroïne.

Pourtant, je ne peux m'empêcher de m'interroger. À sa place, qu'aurais-je fait ? Aurais-je été plus courageuse ? Ou me serais-je tue ? Mes déboires me donnent-ils le droit de juger, de condamner ?

Les quelques mots de Sophia, trois minutes, peut-être quatre, viennent de racheter tout le genre humain. Alors je veux lui écrire. Elle est ma mère Teresa, mon abbé Pierre, ou juste un être humain dans un milieu qui n'en compte plus beaucoup. J'improvise une adresse électronique, calque adapté de ceux que je possède d'autres intervenants de la même station. L'échec me revient aussitôt, comme une preuve que rien ne peut être simple. Par chance, la chroniqueuse joue aussi au théâtre et le site de son spectacle propose de « contacter l'artiste ». C'est un risque, mais je veux le courir. J'indique « confidentiel » dans l'objet et signe ma gratitude de mon adresse électronique personnelle. Il est 1 heure du matin, peut-être 2. Il ne faudra que quelques heures à la jeune femme pour me répondre, m'assurer de sa sympathie et me donner son numéro de portable. Je m'endors une heure, sieste d'enfant rassurée, heureuse de voir que mes convictions du dimanche s'ébranlent. L'humanité n'est pas complètement morte.

Il est tôt quand je sors le chien. Je ne veux pas la foule, le risque de rencontres, tous ces gens qui me jugent. Le serveur du bar voisin range les tables, pour lui, c'est la fin de la nuit. Il me voit, il me demande d'approcher. Il est noir comme le fond d'un verre de Coca, ses dents font les glaçons. Il me dit : « C'est vous hein, c'est vous qui l'accusez, l'autre, là-bas ? » Il est tôt, trop tôt pour mentir. Il y a des heures pour le mensonge pour celle qui ne sait pas faire, on ne peut pas mentir en pyjama, à quatre heures et demie du matin, les cheveux comme un champ de bataille un lendemain de guerre et les yeux partiellement fermés comme les volets de mon voisin la nuit. Alors, comme je ne peux pas mentir sans que ce soit Beyrouth dans ma tête, je lui dis que oui, c'est moi, mais qu'à quatre heures et demie du matin, ça n'a pas d'importance. Il me donne son avis sur l'histoire qu'il ne connaît que de ce qu'il a pu recoller du puzzle, morceaux de conversations volés en terrasse. Ça n'a pas vraiment de sens, les événements sont en désordre. Avant de me laisser partir, il sort son téléphone, un truc très moderne avec la photo de sa mère en fond d'écran. Il me tire par le bras, Flaubert gronde, la peur arrive. Il m'entraîne près de lui, ne me donne pas le choix, se baisse à ma hauteur et m'appuie sur le haut du crâne, comme sur un buzzeur de la fête foraine, pour que ma tête se colle bien à la sienne. Puis il presse le haut du téléphone, et le flash m'aveugle. C'est après seulement qu'il me lâche et explique : « C'est pour ma mère, elle ne va jamais le croire, que je vous ai vue, sinon ! »

C'est Waterloo à l'intérieur. Mes tripes crient à l'homme qu'il n'y a pas de gloire à n'être plus rien qu'un fait divers, que je ne suis pas une star de cinéma, qu'il ne lira sans doute jamais mes livres et que je me fiche que sa mère ne le croie pas. Mais il n'y a pas de porte-voix dans les entrailles, le cœur ne peut pas se faire entendre, et je regarde l'homme, incrédule. Je le fixe jusqu'à ce que ça déborde et, encore une fois, je ne sais que partir en courant. Fuir, ne plus le voir, ni lui ni ses glaçons blancs, encore moins sa mère et son sourire, figé, sur le téléphone ultramoderne d'un verre de Coca-Cola.

Cette après-midi-là, la nouvelle tombe comme une fausse bonne nouvelle : le patron vieillissant du magazine à la cocarde est limogé. Celui qui a jugé qu'il fallait limiter la portée de ce qui n'était qu'un « troussage de domestique » claque la porte qu'on lui tend prestement.

Je me souviens de cet homme. C'était il y a trois ans, nous déjeunions au soleil d'une terrasse de Brive-la-Gaillarde. Ce jour-là, le papy postillonnant m'avait avoué mon histoire qu'il connaissait, la dangerosité du babouin qu'il savait, mais aussi la femme qu'il protégeait, les amitiés profondes qui, selon lui, forçaient à ce respect-là. Personne ne traînera jamais au tribunal ce grand-père de la presse pour complicité d'actes criminels. Il savait et il n'avait pas dénoncé. Il sait et il taira.

La presse répète en boucle ma plainte qui ne viendra pas. David hurle « MAINTENANT », « la plainte de ma cliente ne viendra pas *maintenant* ». Il explique, le temps de prendre une décision n'est pas venu. Mais la presse s'en fiche, la presse veut des vérités définitives. Alors les médias rabotent le propos et David ne reconnaît plus ses phrases. Mais il tient bon, et je me dis que s'il tient, je dois tenir aussi. Je dois être à la hauteur, continuer d'avancer, de travailler, de réfléchir, de compter mes orteils pour savoir si, le moment venu, je serai prête à en laisser partir deux ou trois sur l'autel de la vérité. Je regarde souvent mes pieds depuis le 15 mai, tous les doigts sont là. J'essaie d'imaginer, je troque trois phalanges contre un procès équitable. Un doigt pour l'histoire qu'il va falloir raconter, encore et encore, minute après minute, détail après détail. Un autre pour les attaques médiatiques, téléguidées ou non par l'autre, le singe, l'adversaire, coupable de fait. Un dernier pour ses enquêteurs à lui, qui sortiront les dossiers noirs, ou même juste un peu gris, de ma vie privée. Ils se rouleront avec joie dans les imperfections de mon passé sentimental comme si le leur, comme si le nôtre, à nous tous, pouvait avoir la blancheur immaculée. Je ne renie rien de ce que j'ai fait, j'assume tout, je ne veux pas d'une solution Eau Écarlate pour rendre mon passé plus blanc que blanc.

Les choses s'installent, ma vie s'adapte. Mon retraité et sa femme veulent m'emmener au cinéma. Dans la file d'attente, un jeune papa me regarde, ses deux enfants suspendus à ses jambes comme des pots de fleurs au rebord d'une fenêtre.

La fenêtre parle : « Mon chéri, tu te rappelles ce que c'est qu'une rumeur ? »

L'enfant récite la leçon : « C'est un bruit qui court, peut-être pas qu'il est vrai. »

Superpapa complète : « Oui, mon ange, c'est ça, et parfois, même, une rumeur est une vilaine histoire que des mauvaises filles racontent pour faire tomber des puissants. »

La fenêtre me fixe, le petit garçon approuve, la fillette regarde ailleurs, un début de solidarité féminine ? Je cherche un caillou, voudrais casser le carreau, mais comme rien ne me tombe sous la main, je rentre dans la salle et, entre Philippe et Bernadette, mes retraités adorés, je regarde le film et je ne pense plus à rien.

Il m'a dit : « Saute dans un taxi et viens avec nous, il fait beau. On parlera, prends ton chien et viens. » Quand j'arrive, ils sont là, Émilie et David. En haut, tout en haut des toits, au-dessus de son appartement à lui, ils sont comme les Aristochats, heureux de contempler Paris sans être vus. Émilie fait du thé, c'est apaisant dit-elle. J'en bois des litres, il sent la vanille, parfume le repaire. J'aligne les tasses comme des rails de coke, remplis des théières comme des bidons d'essence, mets toute mon application à vider le breuvage avec une régularité stakhanoviste, mais rien. L'apaisement ne vient pas. Je vendrais tous mes cheveux pour une heure d'un 10 mai, ou même d'un 9 ; mes cils pour ma vie avant lui, avant ses grosses mains et ses taches grasses sur mes perspectives de vie heureuse. Puis David accepte de livrer une nouvelle explication face à la caméra d'un journaliste convaincant. Il descend dans la cour, le journaliste ne doit pas savoir ma présence. Fille du silence, enfant cachée.

Émilie m'observe, je vois bien son regard inquiet. Elle me dit qu'il faut se ressaisir, que si je laisse mes traits se tirer encore je vais finir par ressembler à Johnny Hallyday. Alors je lui raconte le vœu de silence, parce que ma morale veut ça. Je lui raconte les mots qui seraient trop violents, mais jamais assez forts. Mais je lui dis aussi le mal de se taire, les journaux déchirés, le téléviseur qui volera par la fenêtre un jour, et la radio qui est déjà cassée.

Alors elle me crie : « Écris ! » comme si sa vie en dépendait. Elle veut me voir écrire pour ne pas devenir folle, écrire car elle sait la vermine qui me ronge, les médisances des autres qui me mangent au-dedans. Elle veut que je leur réponde avec mes armes. « Tu finiras à l'asile à force de tout avaler sans jamais recracher pour ne pas faire de vague. » Elle hurle « Écris ! » et je sais qu'elle a raison, que je vais tous les tuer sans ça, ces hypocrites qui mènent le bal. Et puis, il faut remercier les jolis êtres, aussi, leur dire un merci qui dure toute la vie. Elle me crie de nouveau « Écris ! », elle ordonne, la colère la rend écarlate, elle va mourir de rouge si je n'écris pas.

Non, elle a raison, c'est moi qui vais mourir si je continue de me taire. Et je ne veux pas mourir. Pas maintenant. Et puisque je ne peux pas parler, je vais écrire.